다음 세대를 생각하는
인문교양 시리즈

아우름 18

큰 지혜는
어리석은 듯하니

옛글 57편이 일깨우는 반성의 힘

김영봉 지음

샘터

어떻게 살 것인가

'어떻게 살 것인가.'

예전에 어떤 교과서에 있던 한 단원의 제목이다. 그래서인지 많은 사람들에게 익숙한 표현이고, 책 제목만으로도 몇 종이 나와 있다. 아주 평범한 말이지만 나에게는 잊을 만하면 떠오르는 하나의 화두다.

'인간은 사회적 동물이다'라는 익숙한 명제를 상기하자면, 이 세상은 더불어 살아가야 할 공간이다. 재물이건 권력이건, 아무리 내가 가진 것이 크고 많아도 그것을 내 마음대로 누리면 안 되는 이유이다. 이 점에 대해서는 굳이 부연 설명할 필요 없이 모두가 동의하는 사실이다. 그런데도 우리 사회는 항상 권력자와 재력가들에 의해 온갖 농단이 일어나고 힘없는 약자, 서민들이 희생을 당한다. 가진 자들이 어떻게 살 것인가에 대한 성찰을 하지 못하고 즉물적으로 사리사욕만 추구하기 때문이다.

우리 선인들은 이 어떻게 살 것인가에 대해 끊임없이 성찰하고 실천하고자 노력하였다. 지금의 경제적 기준으로 보자면 대부분 지극히 열악한 생활 조건에서 궁핍한 삶을 살았지만, 그들의 지성(知性)은 놀랍도록 차원 높은 수준을 지향하였다. 여기에 실린 글들은 선인들의 그런 위대한 지성의 증거이고 우리가 본받아야 할 소중한 유산이다.

이 책은 10여 년 전부터 5년에 걸쳐 월간 《샘터》에 연재했던 글을 약간만 수정하여 다시 모은 것이다. 연재 당시에 주로 시사(時事)에 맞춘 것이 많았기 때문에, 이번에 다시 책으로 엮어 내기로 했을 때 현재 시점에 어울리지 않는 내용이 많을 것이니 대폭 수정해야 할 것이라고 생각했다. 그러나 놀랍게도 극히 일부 사건을 직접 거론한 것 외에는 거의가 지금 현재 상황에도 여전히 유효한 것이었다. 하기야 수백 년 전의 기록이 연재 당시의 시사에 기가 막히게 적용되었으니, 불과 10년 안팎의 시간이야 놀라울 것도 없을 것이다.

　필자는 평생 한문과 더불어 사는 사람이다 보니 여기에 소개하는 글도 모두 한문 원전을 토대로 한 것이다. 요즘 세상에 한문은 일반인들에게 기피의 대상이고, 눈에 띄는 순간 머리의 회로가 어지러워진다. 그래도 여러 곳에서 한문 강좌가 개설되고 수강생이 끊이지 않는 것을 보면 여전히 한문에 관심을 갖고 좋아하는 사람 역시 많다. 필자 입장에서는 첨부된 한문 원문까지 차근차근 해독해 가면서 읽으면 금상첨화라고 생각한다. 그럴 수 있는 분들을 위해서 웬만한 어구는 일일이 풀이를 해놓았다.

　그러나 평소에 한문에 친숙하지 않은 분들은 머리 아픈 원문일랑 무시하고 번역문만 보아도 충분히 의미가 전달되리라고 본다. 그럴 수 있도록 자연스러운 현대문으로 번역하고자 애를 쓰기는 했는데, 소기의 목적을 이루었는지 판단은 독자의 몫이다.

　이 조그만 책자가 누군가에게는 '어떻게 살 것인가'에 대한 소박한 길잡이가 될 수 있기를, 그래서 그가 보다 상식적이고 정의로운 사회를 만들어 가는 구성원이 되기를 기대해 본다.
　끝으로, 귀한 지면을 할애하여 여러 해 동안 연재의 마당을 제공해 주고, 잊었던 원고를 다시 세상에 새로운 모습으로 선보이게 해 준 샘터사에 감사드린다.

2016년 12월

김영봉

| 차 례 |

1장

반성이 있는 하루

더 나은 내일을 위하여

신중하게
생각하기

갑자기 일을 처리하다 보면 잘 생각하지 않고 한 것을 후회한다. 생각한 후에 행한다면 어찌 화가 따르겠는가. 갑자기 말을 내뱉고 나면 다시 한 번 생각하지 못한 것을 후회한다. 생각한 후에 내뱉는다면 어찌 욕됨이 따르겠는가.

생각은 급하게 하지 말아야 하니, 급하게 하면 어긋나는 일이 많아진다. 생각은 지나치게 깊이 하지 말아야 하니, 너무 깊이 하면 의심이 많아진다. 헤아리고 절충하여서 세 번 정도 생각하는 것이 가장 적당하다.

我卒作事, 悔不思之. 思而後行, 寧有禍隨. 我卒吐言, 悔
아졸작사.   회불사지.   사이후행.   영유화수.   아졸토언.   회

不復思. 思而後吐, 寧有辱追. 思之勿遽, 遽則多違. 思之
불부사.   사이후토.   영유욕추.   사지물거.   거즉다위.   사지

勿深, 深則多疑. 商酌折衷, 三思最宜.
물심.   심즉다의.   상작절충.   삼사최의.

_ 이규보(李奎報)의 〈사잠(思箴)〉 중에서

고려시대 대문장가인 이규보가 지은 '생각에 대한 경계'의 글이다.

우리는 흔히 신중하지 못한 말과 행동으로 인해 낭패를 볼 때가 많다. 충분히 생각하지 않고 급하게 행동부터 앞서다 보니 생기는 일이다. 일의 결과에 대한 깊은 고려도 없이 당장 눈앞의 이익만 추구하다가 걷잡을 수 없는 사태를 초래하게 되거나, 일시적인 감정을 이기지 못하고 상대방에게 상처를 주는 말을 내뱉는다.

유명 연예인이나 스포츠 스타들이 지탄을 받는 언행으로 구설수에 오르는 일이 끊임없이 일어나는 것도 생각이 짧기 때문이요, 정치인들이 자주 곤경을 자초하는 설화(舌禍)를 당하는 것도 생각이 부족하기 때문이다.

생각도 적당히 해야지 세속 말로 너무 '머리 굴리다' 제 꾀에 제가 넘어가서도 안 된다. 바둑에서도 '장고 끝에 악수 난다'고 했다.

큰 지혜는 어리석은 듯하니

이규보는 세 번 생각하는 것이 적당하다고 하였는데, 공자는 《논어(論語)》에서 '두 번만 해도 괜찮다(再斯可矣)'고 하였다. 문제는 얼마나 이성적으로 올바른 판단을 하느냐이지 횟수가 중요한 것은 아닐 것이다.

어구풀이

卒(졸) : 갑자기
寧(녕) : 어찌
吐言(토언) : 말을 내뱉음
復思(부사) : 다시 생각함
商酌(상작) : 헤아리고 짐작함

연신우연신

(年新又年新)

거백옥이 "쉰 살이 되어서 사십구 년 동안의 잘못을 알았다"고 한 것을 후세에 칭찬한다. 그러나 어찌 꼭 쉰 살에만 그렇겠는가. 해마다 지난해의 잘못을 생각하고 내년에도 또 그러하며, 날마다 어제의 잘못을 생각하고 내일도 또 그래야 한다. 세상의 이치는 끝이 없으니 내 마음이 잘못을 알아차리는 것도 끝이 없는 법이다.

사람의 생을 최대한 잡아서 '백 년'이라고 하니 오십 년이면 백 년의 중간 지점이다. 사람이 누가 백 살을 채울 수 있겠는가. 지나간 날은 길고 앞날은 짧으며 오르막길은 더디고 내리막길은 빠르다. 날마다 반성하여 잘못을 버리지 못하며 해마다 깨달아 선을 회복하지

큰 지혜는 어리석은 듯하니

못하고서 이런 나이가 되고 늙기에 이르면, 어느 날에 선하게 될 것인가.

> 蘧伯玉, 五十而知四十九年之非, 後世稱焉. 然何必五十.
> 거백옥, 오십이지사십구년지비, 후세칭언. 연하필오십.
>
> 年年而思之去年非, 明年復然, 日日而思之昨日非, 明
> 연년이사지거년비, 명년부연, 일일이사지작일비, 명
>
> 日復然. 天下之義理無窮, 此心之知非亦無窮. 人生極
> 일부연. 천하지의리무궁, 차심지지비역무궁. 인생극
>
> 稱曰百年, 五十, 百年中分之界也. 人生誰能滿百. 去日
> 칭왈백년, 오십, 백년중분지계야. 인생수능만백. 거일
>
> 遠而來日短, 上勢遲而下勢疾. 日日追悔而非不去, 年
> 원이래일단, 상세지이하세질. 일일추회이비불거, 연
>
> 年覺悟而善未復, 以至於此而老及之, 其將何日而善耶?
> 년각오이선미복, 이지어차이노급지, 기장하일이선야?

_오광운(吳光運)의 《약산만고(藥山漫稿)》 중에서

거백옥은 공자도 칭찬해 마지않은 춘추시대의 현인이다. 그런 사람도 늘 뒤돌아보면 지난날이 잘못투성이라는 것을 깨달았다. 쉰 살에 그랬다는 것은 《회남자(淮南子)》에 나오는 말이고, 《장자(莊

子)》에서는 그가 예순 살 동안 예순 번 변화했다고 하였다. 그만큼 해마다 잘못을 깨닫고 새롭게 변화했다는 말이다. 그러니 위 글은 꼭 쉰 살 되는 사람뿐만 아니라 누구에게나 적용되는 이야기이다.

흔히 한 해를 보내고 새해를 맞을 때는 여러 가지 결심을 세운다. 나이 한 살 더 먹는 만큼 정신적으로 한층 성숙한 언행을 닦자고 다짐함일 것이다. 일신우일신(日新又日新)까지는 못 하더라도 '연신 우연신(年新又年新)' 정도는 해야 하지 않을까.

어구풀이

去年非(거년비) : 지난해의 잘못
知非(지비) : 잘못을 알아차림
極稱(극칭) : 가장 최대치로 말함
追悔(추회) : 일이 있고 난 다음에 뉘우침
覺悟(각오) : 깨달음

큰 지혜는 어리석은 듯하니

퇴계 선생의
가르침

선생께서 일찍이 연곡(燕谷)에 노닐다가 한 조그만 연못이 맑고 깨끗함을 보고 마음에 홀연 깨달아서 유연(悠然)한 정취를 얻은 것 같았다. 이에 절구(絶句) 한 수를 지어, "이슬 젖은 고운 풀이 물가를 둘러 자랐는데, 작은 연못 맑고 깨끗해 티끌조차 없도다. 구름과 새 날아 지나는 건 원래 상관있지만, 때때로 제비가 물결 차는 것이 두렵네"라고 하였다.

신유년 여름에 이덕홍이 "이 시는 어느 때 지은 것입니까?" 하고 물었다. 선생은 "내가 열여덟 살 때 지었지. 그 당시에는 터득한 것이 있다고 생각했는데 지금에 와서 생각하니 마음속으로 매우 우습

네. 이후에 만약 더 진일보한다면 틀림없이 지금 옛날을 우습게 여기는 것과 똑같을 것이네"라고 하였다.

先生嘗遊燕谷, 見一小塘淸淨, 心神灑惺, 若得悠然之趣.
선생상유연곡. 견일소당청정. 심신쇄성. 약득유연지취.

有詩一絶云, "露草夭夭繞水涯, 小塘淸活淨無沙. 雲飛
유시일절운. "노초요요요수애. 소당청활정무사. 운비

鳥過元相管, 只怕時時燕蹴波." 辛酉夏, 德弘問, "此何
조과원상관. 지파시시연축파." 신유하. 덕홍문. "차하

時所作也?" 先生曰, "吾十八歲時作也. 當時以爲有得,
시소작야?" 선생왈. "오십팔세시작야. 당시이위유득.

到今思之, 則心極可笑. 此後若更進一步, 則必如今日之
도금사지. 즉심극가소. 차후약갱진일보. 즉필여금일지

笑前日矣."
소전일의."

_ 이덕홍(李德弘)의 《계산기선록(溪山記善錄)》 중에서

인간은 신이 아니니 완성된 단계가 있을 수 없다. 흔히 '깨달았다'거나 '도를 통했다'거나 하는 것도 불완전한 수준에 불과하다. 그런데도 그런 불완전한 수준에서 우쭐대는 경우가 많다. 나중에 뭘

좀 더 알게 되면 "그때는 내가 미숙했었다"고 하며 지금은 그렇지 않은 것처럼 또 우쭐댄다. 그다음에 더 경지가 높아졌다고 생각되면 역시 지금 잘난 체한 것을 반성하며 또 우쭐댈 것이다.

그런 사람에게는 평생 진정한 깨달음이 있기 어렵다. 퇴계 선생은 인간의 그런 속성을 잘 꿰뚫어 보고 경계하고 있다. 그래서 항상 겸손하고 제자 앞에서도 잘난 체한 적이 없었다. 시대를 초월하는 사표(師表)가 되는 까닭이다.

어구풀이

燕谷(연곡) : 안동시(安東市) 예안면(禮安面)에 있는 지명
小塘(소당) : 작은 연못
灑惺(쇄성) : 시원스럽게 깨달음
悠然(유연) : 담박하고 심원함
夭夭(요요) : 곱고 아름다움
相管(상관) : 포용함. 여기서는 맑은 연못에 구름과 새의 그림자가 비쳐 보이는 것을 말함
德弘(덕홍) : 퇴계 선생의 제자 이덕홍(李德弘)

독선에서
벗어나기

대개 천하의 이치는 끝이 없고 한 사람의 총명함에는 한계가 있다. 한계가 있는 재주와 지혜로써 끝없이 많은 사물을 접하니 어찌 일마다 그 올바름을 얻을 수 있겠는가.

　이 때문에 반드시 여러 사람들의 귀를 취하여서 나의 귀로 삼고 여러 사람들의 눈을 취하여서 나의 눈으로 삼은 다음에야, 총명함이 사방으로 통달하고 사물의 이치가 다 비추어져서, 덕이 이루어지지 않음이 없고 다스림이 미치지 않음이 없게 된다.

큰 지혜는 어리석은 듯하니

蓋天下之義理無窮, 一人之聰明有限. 以有限之才智, 接
개 천 하 지 의 리 무 궁. 일 인 지 총 명 유 한. 이 유 한 지 재 지, 접

無窮之事物, 則安得事事而得其中哉! 是故, 必取衆人之
무 궁 지 사 물, 즉 안 득 사 사 이 득 기 중 재! 시 고, 필 취 중 인 지

耳爲我耳, 取衆人之目爲我目, 然後聰明四達, 而物理畢
이 위 아 이, 취 중 인 지 목 위 아 목, 연 후 총 명 사 달, 이 물 리 필

照, 德無不成, 而治無不及也.
조, 덕 무 불 성, 이 치 무 불 급 야.

_ 성혼(成渾)의 〈기묘봉사(己卯封事)〉 중에서

　자신이 똑똑하다고 여기는 사람일수록, 자신이 깨어 있다고 생
각하는 사람일수록 독선과 아집에 빠져서 남의 의견에는 귀를 기울
이지 않고 무시하기 일쑤다. 그들이 평균적으로는 남들보다 더 옳을
수도 있다. 그러나 보통보다 조금 낫다는 알량한 자부심이 자만심으
로 발전하여 마치 모든 일에 다 뛰어난 양 착각하고 항상 다른 사람
들을 무시하는 경향은 인간 세상에서 흔히 볼 수 있는 일이다.

　그러나 세상의 정보와 지식과 이치는 무한하다. 자신이 잘 아는
분야가 있는 반면 모르는 분야는 훨씬 방대한데, 벼가 익을수록 고
개를 숙인다는 진리를 망각하고 산다.

　이 글은 인간의 그런 결점을 어떻게 보완해야 하는지를 말해 준

다. 바로 평범한 여러 사람의 귀와 눈을 나의 것처럼 겸허하게 받아들여서 자신의 총명을 기르는 자료로 삼으라는 것이다.

퇴계 선생은 다음과 같이 말하였다.

"능히 자신의 생각을 버리고 남의 생각을 따르지 못하는 것은 배웠다는 사람들의 큰 결점이다. 세상에 이치는 끝이 없는데 어찌 자기만 옳고 남은 그르다고 할 수 있겠는가."

어구풀이

義理(의리) : 올바른 이치
四達(사달) : 사방으로 막힘없이 통달함
畢(필) : 모두

큰 지혜는 어리석은 듯하니

관대함과
엄격함

익성공(翼成公) 황희(黃喜)는 도량이 넓고 커서 대신의 체통이 있었는데, 정승의 자리에 있은 것이 30년이었고 아흔 살을 누렸다. 나랏일을 의논하고 결정하는 데는 관대함으로 부드럽게 처리했고, 평소에도 마음이 담박하였다.

비록 집안 아이들이나 어린 종들이 주변에 늘어서서 울어대고 장난치고 떠들어도 대수롭지 않게 여겨 금하지 않았으며, 간혹 수염을 당기고 뺨을 쳐도 하는 대로 내버려 두었다.

한번은 보좌관을 불러 일을 의논하면서 막 붓을 적셔 문서를 쓰려 하는데 어린 종이 그 위에 오줌을 누었다. 공은 노여운 기색이 없

이 다만 손으로 그것을 닦아 낼 뿐이었으니, 그 덕성과 도량이 이와
같았다.

黃翼成公喜度量寬洪, 有大臣之體, 居相位三十年, 享年
황익성공희도량관홍, 유대신지체, 거상위삼십년, 향년

九十. 論決國事, 務從寬大, 平居淡如. 雖兒孫僮僕, 羅列
구십. 논결국사, 무종관대, 평거담여. 수아손동복, 나열

左右, 啼號戲噱, 畧不可禁, 或有挽胡批頰者, 亦從其所
좌우, 제호희각, 약불가금, 혹유만호비협자, 역종기소

爲. 嘗引僚佐議事, 方濡筆書牘, 有童奴溺其上. 公無怒
위. 상인료좌의사, 방유필서독, 유동노뇨기상. 공무노

色, 但以手拭之而已, 其德量如此.
색, 단이수식지이이, 기덕량여차.

_ 서거정(徐居正)의 《필원잡기(筆苑雜記)》 중에서

    조선조 최고의 명재상으로 꼽히는 황희 정승의 관대한 성품에
대한 일화는 이것 말고도 여러 가지가 전한다. 관대함의 미덕은 새
삼스러울 것도 없다. 《명심보감》에도 '모든 일에 관대함을 따르면
그 복은 저절로 두터워진다(萬事從寬, 其福自厚)'는 구절이 나온다.
황희 정승도 그 복으로 90세의 장수를 누렸을까?

그러나 그가 늘 관대한 것은 아니었다. '백두산 호랑이'라는 김종서 장군에게는 한 가지라도 잘못이 있으면 심하게 책망하고 서릿발처럼 엄격하였다. 보다 못한 맹사성(孟思誠)이 너무 심한 것이 아니냐고 물을 정도였다. 황희 정승의 대답은 이랬다.

"우리가 은퇴하면 이 나라를 지탱할 사람은 김종서인데, 지나치게 강하고 기가 날카로우니 지금 신중한 사람으로 만들어 놓아야 한다."

나중에 황희 정승은 사직하면서 후임으로 김종서를 천거하였다. 관대함은 훌륭한 미덕이지만 때로는 엄격함이 필요할 때도 있음을 잘 보여 준다.

어구풀이

寬洪(관홍) : 너그럽고도 큼
啼號(제호) : 마구 울어댐
戲噱(희각) : 장난치고 웃으며 떠듦
畧(략=略) : 대수롭지 않게 여김
挽胡(만호) : 수염을 당김
批頰(비협) : 뺨을 두드림
僚佐(료좌) : 하급 관리. 보좌관
濡筆(유필) : 붓에 먹물을 적심
書牘(서독) : 문서

아름다운
신의(信義)

강수(强首)가 일찍이 솥골에 사는 대장장이 집 딸과 부모 몰래 연애를 하여 정이 몹시 깊었다. 나이 스무 살이 되자 부모가 고을 안의 여자 중에 용모와 행실을 갖춘 사람에게 중매를 넣어 아내로 삼아주려고 하였다. 강수가 두 번 장가들 수 없다고 사양을 하자 아버지는 화를 내며 "너는 지금 세상에 유명하여 온 나라 사람이 모르는 이가 없는데 한미(寒微)한 사람과 짝이 되면 부끄럽지 않겠느냐!"라고 하였다.

　강수는 두 번 절하고, "가난하고 천한 것은 부끄러운 것이 아니요, 도를 배우고도 실행하지 못하는 것이 진실로 부끄러운 것입니

　　　　　　　　　　　큰 지혜는 어리석은 듯하니

다. 일찍이 들으니 옛사람의 말에 '조강지처는 내쫓지 못하고 빈천할 때 사귄 친구는 잊어서는 안 된다'고 했으니, 미천한 아내라도 차마 버릴 수 없습니다"라고 하였다.

强首常與釜谷冶家之女野合, 情好頗篤. 及年二十歲, 父
강수상여부곡야가지녀야합. 정호파독. 급년이십세. 부

母媒邑中之女有容行者, 將妻之. 强首辭不可以再娶, 父
모매읍중지녀유용행자. 장처지. 강수사불가이재취. 부

怒曰, "爾有時名, 國人無不知, 而以微者爲偶, 不亦可恥
노왈. "이유시명. 국인무부지. 이이미자위우. 불역가치

乎!" 强首再拜曰, "貧且賤非所羞也, 學道而不行之, 誠
호!" 강수재배왈. "빈차천비소수야. 학도이불행지. 성

所羞也. 嘗聞古人之言曰, '糟糠之妻不下堂, 貧賤之交
소수야. 상문고인지언왈. '조강지처불하당. 빈천지교

不可忘', 則賤妾所不忍棄者也."
불가망'. 즉천첩소불인기자야."

_ 김부식(金富軾)의 《삼국사기(三國史記)》〈강수열전(强首列傳)〉 중에서

강수는 최치원, 설총 등과 더불어 신라의 대표적인 큰 학자다. 젊은 나이에 이미 학문으로 이름이 높아서 조정에 등용되고 세상에 널

리 이름이 알려질 정도였다. 그러나 강수의 높은 학문보다도, 신분이 낮지만 한 번 정을 준 여자와의 신의를 지킨 것이 더욱 감동적이다. 개인 간의 신의도 중요한 법인데, 더구나 사회적인 신의, 공적인 신의의 중요성은 더 말할 나위도 없다.

한(漢)나라 양웅(揚雄)은 불세출의 큰 학자인데, 반란으로 나라를 찬탈한 왕망(王莽)에게 벼슬을 받아 '망대부(莽大夫)'라는 오명을 벗어나지 못하고 있다. 자신의 학식이나 재능을 믿고 출세를 위해 신의를 저버리는 사람들이 경계로 삼아야 할 일이다.

어구풀이

常(상) : 일찍이. 嘗과 통용됨
冶家(야가) : 대장장이 집
野合(야합) : 정식으로 예를 올리지 않고 부모 몰래 남녀가 정을 통함
情好(정호) : 서로 정의(情誼)가 좋은 사이
頗篤(파독) : 매우 돈독함
容行(용행) : 용모와 행실
誠(성) : 진실로, 참으로
下堂(하당) : 집에서 내쫓음
賤妾(천첩) : 신분이 낮은 아내. 妾은 여자에 대한 낮춤말, 또는 겸칭(謙稱)으로 두루 쓰임.

큰 지혜는 어리석은 듯하니

참다운
우정

하서(河西) 김인후(金麟厚)와 미암(眉巖) 유희춘(柳希春)은 동문수학한 친구였다. 김공(金公)이 객지 생활을 하면서 서울의 성균관에 있을 때 전염병에 걸렸는데, 사람들이 감히 돌보지를 못해서 거의 죽을 지경에 이르렀다. 이때 유공(柳公)이 성균관 종9품인 학유(學諭)로 있었는데, 그 소식을 듣고 자주 그의 거처로 수레를 타고 가서 몸소 탕약을 달여 주며 밤낮으로 간호를 하여 김공이 이에 힘입어 일어나게 되었다.

그 후 을사사화가 일어나서 유공이 제주도로 귀양을 가게 되어화가 장차 어떻게 악화될지 알기 어려웠고, 아들이 하나 있었으나 그와 혼인하려는 사람도 없었다. 이에 김공이 자기 딸을 유공의 아들에게 시집보내니 사람들이 모두 두 사람을 훌륭하게 여겼다.

金河西·柳眉巖同門友也. 金公旅遊在泮, 染時疾, 人莫敢
김하서·유미암동문우야. 김공려유재반, 염시질, 인막감

視, 幾至死境. 柳公時爲學諭, 聞之興疾所寓, 躬調湯藥,
시, 기지사경. 유공시위학유, 문지여질소우, 궁조탕약,

日夜看護, 金公賴而起. 乙巳士禍起, 柳公竄濟州, 禍將不
일야간호, 김공뢰이기. 을사사화기, 유공찬제주, 화장불

測, 有一子無與婚者. 金公以其女歸于柳公之子, 人皆兩
측, 유일자무여혼자. 김공이기녀귀우유공지자, 인개양

賢之.
현지.

_ 박재형(朴在馨)의《해동속소학(海東續小學)》중에서

　　의술이 낙후됐던 조선시대에 전염병 환자에게 다가간다는 것은 목숨을 담보로 하는 일이다. 또 모함으로 인한 것이지만 제주도로 귀양 간다는 것은 죄인 중에서도 중죄인의 낙인이 찍힌 것이며, 그 집안과 혼인한다는 것은 개인의 목숨보다 중요시 여기던 가문의 흥망이 걸린 문제이다. 그러나 두 사람은 그런 이해관계를 따지지 않

고 가장 필요할 때 서로 힘이 되어 주었다.

　　김인후는 퇴계 이황과 동시대 사람으로 서로 존경해 마지않을 만큼 학문이 높았고, 유희춘은《미암일기》라는 저술로 유명한 문신이다. 두 사람 모두 대학자인 김안국(金安國)의 문인(門人)이다.

어구풀이

旅遊(여유) : 객지에서 나그네 생활을 함

泮(반) : 조선시대 대학의 기능을 한 성균관의 별칭

染(염) : 전염됨

時疾(시질) : 유행병

輿疾(여질) : 병든 몸으로 수레를 탐

躬調(궁조) : 몸소 약을 지음

竄(찬) : 귀양 감

歸(귀) : 시집보냄

마음의 결대로
키우기

화초는 식물이어서 원래 지각도 없고 움직이지도 못한다. 그러나 배양하는 이치나 갈무리하는 합당한 방법을 알지 못하여서, 습한 곳을 좋아하는데 건조하게 한다든가 서늘한 곳을 좋아하는데 따뜻하게 해주어 천성을 잃게 한다면 틀림없이 시들어 말라 버리게 될 것이다. 그러면 어떻게 다시 무성하게 쭉쭉 자라서 그 참모습을 드러낼 수 있겠는가.

식물도 그러한데, 하물며 만물 중에 영장인 사람에게 그 마음을 애타게 하고 그 몸을 괴롭게 하여 하늘의 이치를 어기고 본성을 해치게 해서야 되겠는가.

花草植物也, 旣無知識, 亦不運動. 然, 不知培養之理, 收
화초식물야. 기무지식. 역불운동. 연. 부지배양지리. 수

藏之宜, 使濕者燥, 寒者燠, 以離天性, 則必至於萎枯而已
장지의. 사습자조. 한자욱. 이이천성. 즉필지어위고이이

矣. 豈復有敷榮發秀, 而逞其眞態乎. 植物且然, 而況靈於
의. 기부유부영발수. 이령기진태호. 식물차연. 이황령어

萬物者, 可焦其心, 勞其形, 以違天害性耶.
만물자. 가초기심. 노기형. 이위천해성야.

_ 강희안(姜希顏)의《양화소록(養花小錄)》중에서

　강희안은 조선 전기의 명신(名臣)으로 시(詩)·서(書)·화(畵)에
능하여 삼절(三絶)로 일컬어진 인물이다.《양화소록》은 화목(花木)
을 기르고 감상하는 법을 기록한 원예서로서 그의 고상한 취향을 알
려 준다. 그러나 그는 여기서 단순히 화초에만 그치지 않고 사람에
있어서도 올바른 배양, 즉 올바른 환경과 교육이 주어져야 함을 강
조하고 있다.

　지금의 일선 학교에서는 오직 대학 진학만을 지상 목표로 삼아
수많은 학생들을 시험 선수로 육성한다. 저마다 각각 개성과 재능이
다른데, 틀에 박힌 시험제도로 얽어매서 점수로 환산한 것이 절대적
인 기준이 되어 개인의 진로를 결정지어 버린다. 이처럼 획일적으로

경쟁에 내몰리는 환경 때문에 얼마나 많은 사람이 자신의 진정한 재능을 펴보지도 못하고 시들어 가는지 모른다.

收藏(수장) : 갈무리함

燥(조) : 건조함

燠(욱) : 따뜻함

萎枯(위고) : 시들고 마름

敷榮(부영) : 가지가 쭉쭉 벋어 무성함

發秀(발수) : 꽃을 피움. 또는 이삭이 팸

逞(령) : 거침없이 드러냄

違天(위천) : 하늘의 이치를 어김

害性(해성) : 본성을 해침

비난에
대처하기

나를 헐뜯고 비난하는 사람이 있으면 반드시 스스로를 돌이켜 보아야 한다. 만약 내가 실제로 비난받을 만한 행동을 했다면 스스로 책망하고 속으로 꾸짖어서 허물 고치기를 꺼려하지 말아야 한다. 만약 나의 잘못이 매우 작은데도 더 부풀렸다면 그 사람의 말이 비록 잘못일지라도 나한테 실제로 비방을 받을 만한 원인이 있는 것이니 역시 마땅히 이전의 잘못을 제거하여 털끝만큼이라도 남겨 두어서는 안 된다. 만약 내가 본래 아무런 잘못이 없는데도 거짓말을 날조했다면 이는 망령된 사람에 불과할 따름이니 망령된 사람과 어찌 거짓이냐 진실이냐를 따질 필요가 있겠는가.

人有毀謗我者, 則必反自省. 若我實有可毀之行, 則自責內
인유훼방아자.　즉필반자성.　약아실유가훼지행.　즉자책내

訟, 不憚改過. 若我過甚微而增衍附益, 則彼言雖過, 而我
송.　불탄개과.　약아과심미이증연부익.　즉피언수과.　이아

實有受謗之苗脈, 亦當鋤前愆, 不留毫末. 若我本無過而捏
실유수방지묘맥.　역당서전건.　불류호말.　약아본무과이날

造虛言, 則此不過妄人而已, 與妄人, 何足計較虛實哉.
조허언.　즉차불과망인이이.　여망인.　하족계교허실재.

_ 이이(李珥)의《격몽요결(擊蒙要訣)》중에서

　　요즘은 인터넷이 발달하여 당사자의 이미지에 타격을 줄 수 있
는 온갖 소문이 온라인상에서 난무한다. 그래서 툭하면 명예훼손으
로 고소하는 일이 비일비재하다.

　　온라인상이 아니라도 살다 보면 남들한테 뜻하지 않은 비방을
받게 될 때가 있다. 그럴 때면 속으로 울화가 치밀고 어떻게든 해명
을 하려는 게 보통 사람들의 일반적인 반응이다. 그러나 평생을 자
기 수양에 전념했던 옛 선비들은 남에게 비난받는 것조차도 수양의
한 자료로 삼았다.

　　스스로 돌이켜 보아서 나에게 비난받을 만한 요인이 있었다면
말할 것도 없고, 아무런 잘못도 없는데 비난을 한다면 비난한 사람

이 망령된 것이니, 그를 상대로 시비를 가릴 필요도 없다는 마음가짐이라면 울화가 치밀 일이 없을 것이다.

어구풀이

毀謗(훼방) : 헐뜯고 비방함

內訟(내송) : 자신의 잘못을 마음속으로 탓함

憚(탄) : 꺼리다

增衍(증연) : 덧보태짐

附益(부익) : 더 갖다 붙임

苗脈(묘맥) : 싹과 맥, 즉 사물의 근원

鋤(서) : 김매다. 제거하다

計較(계교) : 헤아려 따짐

겸양과
진실

공(功)은 자기 스스로 만드는 것이 아니고 반드시 다른 사람으로 말미암아 이루어진다. 능력 또한 그렇다. 그러므로 겸양하지 않으면 남들이 장차 시기하고 해쳐서 성취할 수가 없다.

이러한 뜻을 헤아릴 줄 아는 사람은 겸양으로 공과 능력을 삼지, 공과 능력 그 자체로 공과 능력을 삼지는 않는다. 이러한 뜻을 헤아리지 못하는 사람은 반드시 남에게 자랑하지 않으면 그 공과 능력을 크게 할 수도 없고 성취할 수도 없다고 여기며, 도리어 그것이 공과 능력을 해치는 것임을 알지 못한다.

만약 공과 능력이 없으면서 부질없이 스스로 뽐내고 자랑하면 반드시 남의 증오를 당할 것이니, 인간에게 정말 쓸모없는 것은 오직 뽐내고 자랑하는 것이다.

功非自爲功也, 必由人而成. 能非自爲能也, 必由人而成.
공비자위공야, 필유인이성. 능비자위능야, 필유인이성.

故不以謙讓, 人將猜害, 莫可成就矣. 推測斯義者, 以謙讓
고불이겸양, 인장시해, 막가성취의. 추측사의자, 이겸양

爲功能, 不以功能爲功與能也. 不能推測斯義者, 必以謂
위공능, 불이공능위공여능야. 불능추측사의자, 필이위

若非矜伐, 不可大其功大其能, 成其功成其能, 不識反害
약비긍벌, 불가대기공대기능, 성기공성기능, 불식반해

其功. 設使無功能, 而空自矜伐, 必也被人憎惡, 人間無
기공능. 설사무공능, 이공자긍벌, 필야피인증오, 인간무

用者, 其惟矜伐乎.
용자, 기유긍벌호.

_ 최한기(崔漢綺)의 《추측록(推測錄)》 중에서

공과 능력이 다른 사람으로 말미암아 이루어진다는 것은, 다른 사람들이 알아주고 인정해 주어야 그것이 제대로 가치를 지니고 효용을 보게 된다는 말이다. 혼자서 아무리 뛰어난 능력을 가지고 있

고 훌륭한 성과를 냈다고 해도 남들이 인정해 주지 않으면 제대로 빛을 발하지 못한다.

그러나 남에게 인정받고 싶어서 자신이 나서서 업적을 자랑하면 도리어 남들의 시기, 질투를 받아 역효과를 보기 쉽다. 하물며 과대 포장하거나 허위로 자랑하는 경우야 더 말할 나위가 있겠는가. 겸양과 진실만이 고금을 막론하고 최선의 방책이다.

어구풀이

由人(유인) : 다른 사람을 통함
猜害(시해) : 시기하고 해침
矜伐(긍벌) : 뽐내고 자랑함

평판에
대하여

남이 나를 사람대접해도 나는 기쁘지 않고 남이 나를 사람대접하지 않아도 나는 두렵지 않으니, 사람다운 사람이 나를 사람대접하고 사람답지 않은 사람은 나를 사람대접하지 않는 것이 더 낫다.

나는 또한 나를 사람대접하는 사람이 어떤 사람이며 나를 사람대접하지 않는 사람이 어떤 사람인지 모르겠다. 사람다우면서 나를 사람대접하면 기뻐할 만하고 사람답지 못하면서 나를 사람대접하지 않으면 역시 기뻐할 만하다. 사람다우면서 나를 사람대접하지 않으면 두려워할 만하며 사람답지 않으면서 나를 사람대접하면 역시 두려워할 만하다.

기뻐할 것인가 두려워할 것인가는, 마땅히 나를 사람대접하거나 사람대접하지 않는 사람이 사람다운가 사람답지 않은가 여부를 살펴야 할 뿐이다.

人人吾, 吾不喜, 人不人吾, 吾不懼, 不如其人人吾, 而其
인인오, 오불희. 인불인오, 오불구, 불여기인인오, 이기

不人不人吾. 吾且未知, 人吾之人何人也, 不人吾之人何
불인불인오. 오차미지, 인오지인하인야, 불인오지인하

人也. 人而人吾, 則可喜也, 不人而不人吾, 則亦可喜也.
인야. 인이인오, 즉가희야, 불인이불인오, 즉역가희야.

人而不人吾, 則可懼也, 不人而人吾, 則亦可懼也. 喜與
인이불인오, 즉가구야, 불인이인오, 즉역가구야. 희여

懼, 當審其人吾不人吾之人之人不人如何耳.
구, 당심기인오불인오지인지인불인여하이.

_ 이달충(李達衷)의 〈애오잠(愛惡箴)〉 중에서

살다 보면 수많은 인간관계 속에서 남에게 인정을 받기도 하고 미움을 받기도 한다. 누구나 인정을 받으면 기뻐하고 미움을 받으면 속이 상한다.

일반적으로 남에 대한 평가는 자신의 가치 판단을 기준으로 하

게 마련이다. 그러니 훌륭한 사람에게서 인정받는 것은 두말할 나위 없이 기쁜 일이지만, 돼먹지 않은 사람에게 인정받는 것은 오히려 달갑지 않은 일일 수도 있다. 유유상종이라고 했으니 혹시 내가 그런 사람과 같은 부류로 인식될 수도 있는 것이다. 역으로 그런 사람에게 비난받는다고 해도 속상해할 필요가 없고 오히려 떳떳해도 될 것이다.

어구풀이

人吾(인오) : 나를 사람대접함
不人吾(불인오) : 나를 사람대접하지 않음
其人(기인) : 그 사람다운 사람
其不人(기불인) : 그 사람답지 않은 사람
審(심) : 자세히 살핌
耳(이) : ~일 뿐. ~일 따름

시기(猜忌),
그 원초적 이기심

왕희지(王羲之), 왕헌지(王獻之) 부자는 글씨에 능했는데, 서예가 비록 작은 기예이지만 그래도 유익한 일이다. 그러나 사람들이 왕희지에게 묻기를 "사람들이 말하기를 아경(阿敬)의 필법이 그대보다 낫다고 한다"고 하면 왕희지는 "꼭 그렇지만은 않다"고 하였고, 왕헌지에게 묻기를 "사람들이 말하기를 자경(子敬)의 필법이 부친만 못하다고 한다"고 하면 왕헌지는 "바깥사람들이 어떻게 알겠는가?"라고 하여 부자가 서로 양보하지 않기가 심하였다.

부자간에도 이와 같은데 하물며 다른 사람들끼리야 어떻겠는가? 이는 바로 시기심이니, 심하도다, 일반 사람들이 자신을 버리지 못함

이여! 능히 자신을 버리지 못하여서 마침내 부자끼리도 시기하기에 이르니, 이기심의 두려움이 과연 이와 같도다!

義之父子能書, 雖小伎猶是好事. 然人問義之曰 '人言阿敬
희지부자능서, 수소기유시호사. 연인문희지왈 '인언아경

筆法勝於君', 義之曰 '未必乃爾', 人問獻之曰 '人言子敬
필법승어군', 희지왈 '미필내이', 인문헌지왈 '인언자경

筆法不如尊君', 獻之曰 '外人何知?', 父子不相讓甚矣. 父
필법불여존군', 헌지왈 '외인하지?', 부자불상양심의. 부

子之間尙如此, 況他人乎? 此是猜心也, 甚矣, 細人之不能
자지간상여차, 황타인호? 차시시심야, 심의, 세인지불능

舍己也! 不能舍己, 遂至父子相猜, 私己之可畏, 果如此乎!
사기야! 불능사기, 수지부자상시, 사기지가외, 과여차호!

_ 위백규(魏伯珪)의 〈격물설(格物說)〉 중에서

왕희지는 누구나 다 아는 서예의 대가다. 그러나 그의 명성에 가려져서 덜 알려졌을 뿐이지 아들인 왕헌지도 그에 못지않은 명필이어서 '이왕(二王)' 또는 '희헌(羲獻)'이라고 불렸다. 둘은 서로 장단점이 있어서 우열을 가리기 어려웠는데, 이처럼 세상 사람들의 평에 민감하게 반응하였다.

시기심은 정도의 차이가 있을 뿐이지 사람이라면 누구나 가지고 있다. 그것이 남을 향해 잘못 표출되었을 때 상대방을 모함하고 해치고 관계를 파탄으로 내몰지만, 조용히 자신의 내면에 갈무리하여 스스로 발전의 원동력으로 삼으면 긍정적인 에너지가 될 수도 있다. 왕헌지가 부친을 능가하려는 마음으로 각고의 노력을 한 일화들이 전하는데, 밑바탕에 있는 시기심이 긍정적으로 작용한 결과이다. 독을 약으로 만드는 지혜가 필요하다.

어구풀이

小伎(소기) : 자잘한 기예. 小技
阿敬(아경) : 왕헌지의 자인 '자경(子敬)'을 친근하게 부르는 말
尊君(존군) : 남의 부친을 높여 부르는 말
舍己(사기) : 자신의 견해나 고집을 버림
私己(사기) : 개인적인 이기심

큰 지혜는 어리석은 듯하니

진정한 학문
진정한 효도

근세의 학자들은 겨우 공부 좀 했다는 이름만 나게 되면 곧 스스로 교만하고 무게를 잡는다. 그러고는 천리(天理)를 논하고 음양(陰陽)을 따지면서 벽에다가는 태극(太極)·팔괘(八卦)·하도(河圖)·낙서(洛書) 등을 그려 놓고 자칭 깊이 사색한다고 하면서 우매한 사람들을 기만한다.

　그의 부모들은 바야흐로 추위를 호소하고 배고픔을 참으며 여러 가지 병에 들어 고생하는데도, 타성에 젖어 보살피지 않거나 태연한 채 노력하려 들지도 않는다. 그렇다면 그의 사색이 더욱 독실해질수록 학문과는 더욱 멀어지는 것이다.

진실로 부모에 대하여 능히 효도하는 자라면 비록 학문을 하지 않았다 하더라도 나는 반드시 그 사람이 학문을 했다고 말하겠다.

近世學者, 名爲學, 便自矜重. 談天說理, 日陰日陽, 壁上
근세학자, 명위학, 편자긍중. 담천설리, 왈음왈양, 벽상

圖畫太極·八卦·河圖·洛書之屬, 自稱玩索, 以欺愚蒙.
도화태극·팔괘·하도·낙서지속, 자칭완색, 이기우몽.

而其父母方且呼寒忍飢, 疾病, 乃漫不省察, 恬不勞動. 卽
이기부모방차호한인기, 질병, 내만불성찰, 염불로동. 즉

其玩索彌勤, 而彌與學遠矣. 苟於父母能孝者, 雖曰不學,
기완색미근, 이미여학원의. 구어부모능효자, 수왈불학,

吾必謂之學矣.
오필위지학의.

_ 정약용(丁若鏞)의 〈곡산 향교에 효를 깨우쳐 권하는 글(喩谷山鄕校勸孝文)〉 중에서

이른바 학문 좀 했다는 사람, 또는 자신이 세상 이치를 깨우쳤다고 자부하는 사람들치고 자기 교만에 빠지지 않는 사람이 드물다. 참으로 세상 이치를 깨우쳤다면 오히려 더욱 겸손하고 주변 사람들을 돌아볼 줄 알아야 하는데 현실은 그렇지 않은 경우가 대부분이다. 특히 자기 부모에 대해서 소홀히 하는 경우가 많은데, 대학자인

큰 지혜는 어리석은 듯하니

다산(茶山)은 그 점을 통렬히 꾸짖고 있다.

학문이라는 게 별다른 게 아니고 세상 이치라는 게 별다른 게 아니다. 인간으로서 가장 기본적인 일부터 잘 해내는 것이 그 높은 경지에 나아가는 필수적인 조건이다. 마지막 문장은《논어》에 나오는 말이다.

어구풀이

矜重(긍중) : 잘난 체하고 무게를 잡음

玩索(완색) : 깊이 탐구함

八卦(팔괘) : 주역(周易)의 기본이 되는 여덟 가지 괘

河圖(하도) : 고대에 황하(黃河)에서 나왔다고 하는 신비한 도형으로, 주역의 기본 이치가 됨

洛書(낙서) : 고대에 낙수(洛水)에서 나왔다고 하는 신비한 무늬로, 인간의 도덕 원리가 담김

愚蒙(우몽) : 어리석고 무지몽매한 사람

彌(미) : 더욱

근본에
충실하기

경전에서 "먼 곳을 가려면 반드시 가까운 곳에서부터 해야 한다"고 했으니, 이것은 무슨 말인가. 어두운 사람을 일깨워 가르쳐서 스스로 깨달을 수 있도록 한 것이 아니겠는가?

깊다는 것도 얕은 데서부터 들어갈 수 있는 것이고, 완비(完備)하다는 것도 소략(疏略)한 데서부터 미루어 갈 수 있는 것이고, 정밀하다는 것도 성긴 것에서부터 이루어 갈 수 있는 것이다. 성긴 것도 능하지 못하면서 정밀한 것을 먼저 할 수 있거나, 소략한 것도 능하지 못하면서 완비한 것을 일삼을 수 있거나, 얕은 것도 능하지 못하면서 깊은 것을 앞당겨 할 수 있거나, 가까운 것도 능하지 못하면서 먼 것을 찾아 구할 수 있는 사람은 참으로 있을 수 없다.

傳曰 '行遠必自邇', 此何謂也. 非所以提誨昏蔽, 使其能自
전왈 '행원필자이', 차하위야. 비소이제회혼폐, 사기능자

省悟乎? 所謂深者, 亦可自淺而入之, 所謂備者, 亦可自略
성오호? 소위심자, 역가자천이입지, 소위비자, 역가자략

而推之, 所謂精者, 亦可自粗而致之. 世固未有, 粗之未能
이추지, 소위정자, 역가자조이치지. 세고미유, 조지미능

而能先其精, 略之未能而能業其備, 淺之未能而能早其深,
이능선기정, 약지미능이능업기비, 천지미능이능조기심,

邇之未能而能宿其遠者.
이지미능이능숙기원자.

_박세당(朴世堂)의《사변록(思辨錄)》중에서

　　우리나라 서예의 최고 경지로 흔히 김정희의 '추사체(秋史體)'를
들지만, 일반인들이 보면 그 글씨는 불균형에 기괴하기까지 하다.
피카소는 세계가 인정하는 화가지만, 그의 추상화는 도대체 이해하
기 어렵고 아무렇게나 그린 것 같다.
　　그러나 추사체는 엄격한 정법(正法)을 토대로 발전되어 나왔으
며 피카소는 사실화에도 대단히 뛰어났다는 점을 알아야 한다. 그들

의 작품이 최고로 인정받는 이면에는 누구보다도 기본을 철저하게 통달했던 사실이 밑바탕이 되어 있다.

　우리의 일상생활에서도 마찬가지다. 사람으로서 가장 상식적이고 기본적인 역할을 망각하면서 고원(高遠)한 논리를 펼치고 지위나 누리려고 한다면 헛된 공명심에 사로잡힌 것이나 아닌지 반성해 볼일이다.

어구풀이

傳(전) : 경전(經傳). 여기서는 《중용(中庸)》을 말한다
提誨(제회) : 이끌어 가르침
省悟(성오) : 깨달음
固(고) : 참으로. 본디
業(업) : 일삼음
무(조) : 일찍 해냄
宿(숙) : 미리 해냄

큰 지혜는 어리석은 듯하니

달인지경
(達人之境)

안평대군은 처음에는 글씨가 몹시 형편없었다. 한번은 길을 가다가 기름 장수가 높은 누각 위에서 항아리로 누각 아래의 작은 병 속에다 기름을 따르고 있는 것을 보았다. 안평대군은 그걸 보고 신기하게 여기며 "이는 틀림없이 수많은 노력이 있었을 것이다" 하고서, 마침내 집에 돌아가 분발하여 글씨를 익히는데 거의 자고 먹는 것까지 잊을 정도였다. 나중에 과연 정묘한 경지에 들어섰다. 한번은 중국 사신이 보고 칭찬하며 "이는 동방의 조맹부(趙孟頫)로다"라고 하였다.

　서법은 작은 기예인데도 이와 같이 공부를 해야 바야흐로 성취를 이루는데, 하물며 서법보다 더 큰 것에 있어서랴? 세상에 학문하는 사람들은 또한 이를 거울삼아 힘쓸 바를 알기 바란다.

(安平)大君初於書甚拙. 嘗行過路, 見賣油者在高樓上, 以
(안평) 대군초어서심졸. 상행과로, 견매유자재고루상, 이

盆注油於樓下小瓶中. 大君見而奇之曰, "此必有多少工
분주유어루하소병중. 대군견이기지왈, "차필유다소공

夫." 遂歸家發憤習字, 幾於忘寢與殄. 後果入於精妙之域.
부." 수귀가발분습자, 기어망침여손. 후과입어정묘지역.

華使嘗見而稱之曰, "此東方之孟頫也." 噫! 書法小技也,
화사상견이칭지왈, "차동방지맹부야." 희! 서법소기야,

尙能如此用工, 方有所成就, 況又有大於書法者耶? 世之學
상능여차용공, 방유소성취, 황우유대어서법자야? 세지학

者, 庶亦鑑于玆而知所勉哉.
자, 서역감우자이지소면재.

_김간(金榦)의 〈제안평대군친필후(題安平大君親筆後)〉 중에서

안평대군은 세종의 셋째 아들로서 문학과 예술을 사랑한 풍류인이었다. 시와 문장, 글씨와 그림, 거문고와 바둑에 뛰어나서 쌍삼절(雙三絶)로 꼽힐 정도이다. 특히 그중에서 서예는 당대 제일이었다.

큰 지혜는 어리석은 듯하니

중국 황제도 그의 글씨를 보고 감탄하며 조맹부의 서체라고 칭찬했다는 내용이 《문종실록》에 전한다. 그런 그가 서예에 정통하게 된 계기는 기름 장수가 높은 곳에서 기름 한 방울 흘리지 않고 정확하게 병 속에 따라 담는 솜씨를 본 것이었다.

'생활의 달인'이라는 유명 TV 프로그램이 있다. 한 분야에 정진하여 달인의 경지에 이른 사람들을 보는 것은 그 자체로 감동이다. 그것을 호기심으로만 볼 것이 아니라 스스로도 노력해 자기 분야에서 달인이 되는 계기로 삼을 일이다.

어구풀이

多少(다소) : 매우 많음
發憤(발분) : 분발함
寢與殮(침여손) : 자는 것과 먹는 것
華使(화사) : 중국 사신
孟頫(맹부) : 송나라의 서예 대가 조맹부(趙孟頫). 그의 서체를 송설체(松雪體)라고 하며, 우리나라 서법에 절대적 영향을 끼쳤다

실질의
숭상

꽃이 크다고 반드시 좋은 열매가 맺히는 것은 아니니 모란이나 작약이 이런 경우이다. 모과의 꽃은 목련에 미치지 못하고, 연꽃의 열매는 대추나 밤만 못하다.

박에 꽃이 피는 경우는 더욱 작고 보잘것없어, 여러 아름다운 꽃들과 함께 봄날에 자태를 뽐내지도 못한다. 그러나 그 덩굴을 뻗어가는 것은 멀고도 길다. 그 커다란 한 덩어리는 족히 여덟 식구도 먹을 수 있으며, 그 한 통에서 나온 씨앗은 파종하면 족히 수백 평을 덮을 수 있으며, 속을 파내어서 그릇을 만들면 몇 되의 곡식을 담을 수 있다. 그러니 그 꽃과 열매에 대해 어떻게 볼 것인가.

華大者, 未必有其實, 牡丹芍藥是也. 木瓜之花, 不及木蓮,
화대자, 미필유기실. 모단작약시야. 목과지화, 불급목련,

菡萏之實, 不如棗栗. 至若瓠蓏之有花也, 尤微且陋, 不能
함담지실, 불여조율. 지약호라지유화야, 우미차루, 불능

列羣芳而媚三春. 然其引蔓也遠而長, 其一顆之碩, 足以供
열군방이미삼춘. 연기인만야원이장, 기일과지석, 족이공

八口, 其一窩之犀, 足以蔭百畝, 刳以爲器, 則可以盛數斗
팔구, 기일와지서, 족이음백무, 고이위기, 즉가이성수두

之粟. 其於華若實, 顧何如也.
지속. 기어화약실, 고하여야.

_ 박지원(朴趾源)의 《연암집(燕巖集)》 중에서

연암 박지원은 《허생전》, 《양반전》 등의 소설로 유명한 실학자
이다. 특히 《예덕선생전》, 《마장전》, 《광문자전》 등을 통해 지식인
들의 허위의식을 풍자하고 인간의 진실성 회복을 역설하였다. 이 글
에서도 그러한 실학 정신이 잘 드러나 있다.

옛날을 비판하기 좋아하는 사람들은 흔히 양반 또는 선비들이
합리성이나 실질보다는 대의명분이나 겉치레를 더 중시했다고 강변
한다. 그러나 그것은 본질을 모르고 하는 말이다. 유학에서는 원래
부터 명분보다는 실질을 중시했다. 내용과 형식이 잘 어우러져야 군

자라고 할 수 있지만, 부득이할 때는 '차라리 촌스럽더라도 내용을 갖추어야 한다'는 것이 《논어》의 가르침이다. 그 가르침을 제대로 따르지 못한 것이 문제이지, 원래의 본질이 문제는 아닌 것이다. 연암과 같은 태도가 선비 정신을 대변한다.

어구풀이

菡萏(함담) : 연꽃

瓠蓏(호라) : 박

媚(미) : 아름다운 자태. 예쁨을 자랑함

犀(서) : 박씨

百畝(백묘) : 약 3천 평으로, 매우 넓은 면적을 나타냄

융통성에 대하여

근세에 홍사문(洪斯文)의 모친 권씨가 이상(貳相)을 지낸 부친상을 당하여 몸이 상하여 병을 얻어 위중하였다. 오빠인 권초계(權草溪)가 융통성을 발휘하여 고기를 먹으라고 권하니 답하기를, "오라버니가 고기를 먹으면 저도 사양하지 않겠습니다"라고 하였다. 그러나 초계는 감히 고기를 먹지 못했고 누이동생도 병석에서 일어나지 못하고 죽었다.

그 후에 초계는 늘 스스로 통한해하면서 말하기를, "내가 일찍이 고기 한 점을 먹고서 누이동생을 구하지 못한 것을 후회한다. 대개 고기 한 점 먹는 것은 가벼운 일이고 누이동생의 죽음을 구하는 것은 중요한 일이다"라고 하였다. 나중에 후회한 말이 이치에 합당하니, 사람들은 이것을 몰라서는 안 된다.

近世洪斯文母親權氏, 遭父貳相喪, 得病危重. 權草溪勉其
근세홍사문모친권씨, 조부이상상, 득병위중. 권초계면기

用權, 答曰, "娚若肉食, 吾亦不辭." 草溪不敢, 而妹亦
용권, 답왈, "남약육식, 오역불사." 초계불감, 이매역

不興. 厥後草溪每自痛恨曰, "吾悔未嘗一臠而救妹死也.
불흥. 궐후초계매자통한왈, "오회미상일련이구매사야.

蓋一臠之嘗輕, 救妹之死重也." 追悔之言, 合於情理, 人
개일련지상경, 구매지사중야." 추회지언, 합어정리, 인

不可不知也.
불가부지야.

_ 고상안(高尙顏)의 《태촌집(泰村集)》 〈유훈(遺訓)〉 중에서

부모의 상을 치르는 중에는 술과 고기를 먹지 않는 것이 전통적인 예법이었다. 옛날에는 대부분 이 법칙을 철저하게 지켰다. 그래서 상중에 영양실조로 몸을 상하는 일도 흔했다. 이런 태도를 놓고 과거 선비들이 편협하고 고지식하다고 비판하기 일쑤다. 그러나 이는 개인들이 잘못 처신한 것이지 유학의 가르침이 그랬던 것은 아니다.

《소학》에서는 부모의 상중에 술과 고기를 먹어서는 안 된다고 전제하면서도 만약 병이 있으면 반드시 고기를 먹고 술을 마셔서 병을 회복하라고 가르치고 있다. 융통성은 권도(權道)라고 하여 일찍이 맹자도 강조한 사항이다. 도량이 작은 사람일수록 교조적(敎條的)으로 작은 법도에 얽매이는 법이다.

어구풀이

斯文(사문) : 유학(儒學)하는 선비를 대접하여 부르는 말
貳相(이상) : 조선시대에 삼정승(三政丞)의 바로 아래인 좌찬성(左贊成)과 우찬성(右贊成)을 달리 부르는 말
用權(용권) : 권도(權道), 즉 도리에 어긋나지 않는 임시방편을 쓰는 것. 특히 상중(喪中)에 있을 때 몸이 허약해서 고기를 먹는 것을 가리킨다
甥(남) : 오라버니
臠(련) : 고기
追悔(추회) : 일이 있고 난 다음에 뉘우침

검약은
복의 근원

집을 웅장하고 화려하게 지어 거처하는 것이 사치스럽고 분수에 넘치는 자는 금방 화를 당하지 않음이 없고, 작은 집에 허름한 옷으로 스스로 검소하게 사는 자는 결국에 명예와 지위를 누리게 된다.

예전에 여러 사람이 모인 중에 이러한 말을 했더니 종실(왕실 친척)인 고흥수(高興守)가 "듣자니 큰 집을 '옥(屋)'이라고 하고 작은 집을 '사(舍)'라고 한다는데, 옥(屋) 자는 '시체(尸)가 이른다(至)'는 것이고 사(舍) 자는 '사람(人)이 길하다(吉)'는 것이니 큰 집이 화를 받고 작은 집이 복을 받는 것은 이상할 것이 없습니다"라고 하였다.

나는 "이것은 가히 '글자의 예언'이라고 해도 무리가 아니다"라

큰 지혜는 어리석은 듯하니

고 하였다.

"世人治第宏麗, 居處奢僭者, 未有不旋踵禍敗. 卑室惡
"세인치제굉려, 거처사참자, 미유불선종화패. 비실악

衣, 自奉儉約者, 終享名位. 嘗於稠中語此, 有宗室高興守
의, 자봉검약자, 종향명위. 상어조중어차, 유종실고흥수

曰, "聞大家曰 '屋', 小家曰 '舍'. 屋字, 尸至也, 舍字, 人
왈, "문대가왈 '옥', 소가왈 '사'. 옥자, 시지야, 사자, 인

吉也. 大家者受禍, 小家者受福, 無怪也." 余謂, "此可謂
길야. 대가자수화, 소가자수복, 무괴야." 여위, "차가위

字讖, 不爲無理."
자참, 불위무리."

_ 김정국(金正國)의《사재집(思齋集)》중에서

화려하고 좋은 집에서 사는 것은 보통의 인간들이면 누구나 원하는 바이다. 여건이 허락된다면야 문제될 게 없지만, 인간의 욕심이란 한정이 없어서 일단 화려함을 추구하다 보면 나중에는 자신의 능력을 벗어나서까지 욕심을 채우려고 하다가 패가망신에 이르는 경우가 허다하다.

거액의 복권에 당첨된 사람이 흥청망청하다가 결국에는 파산에

이르렀다는 소식이 심심치 않게 들리는 것도 이 글이 진리라는 것을 증명해 준다. 《명심보감》에서도 "복은 청렴하고 검소한 데에서 생긴다(福生於淸儉)"고 가르치고 있다.

어구풀이

治第(치제) : 집을 지음
宏麗(굉려) : 웅장하고 화려함
奢僭(사참) : 사치하고 분수에 넘침
旋踵(선종) : 금방 닥침
稠(조) : 사람이나 사물 등이 밀집함
宗室(종실) : 왕실의 친족
字讖(자참) : 어떤 글자가 미래의 예언을 나타냄

큰 지혜는 어리석은 듯하니

검소의
미덕

모재(慕齋, 김안국의 호) 김안국(金安國)이 우의정 성세창(成世昌)과 함께 호당에서 사가독서(賜暇讀書) 할 때 두 사람이 같이 숙직을 하게 되었다. 본래 집안이 부유한 성세창은 침구를 모두 모시로 만들어 매우 화려하고 사치스러웠는데, 김안국은 본래 가난한 데다 성품도 사치를 좋아하지 않아 베 이불에 목침을 베고 자니 을씨년스러워 빈한한 선비 같았다.

성세창은 그것이 몹시 부끄러워 밤새도록 편히 자지 못하고 날이 밝자 집으로 돌아가 부인에게 말하기를, "국경(國卿, 김안국의 자)이 차라리 나의 사치를 비웃었더라면 내 어찌 이렇게 부끄러움을 느

끼겠소" 하였다. 그리고 침구를 소박한 것으로 바꾸어 달라고 하고
서야 김안국과 같이 잘 수 있었다.

慕齋與成右相世昌, 同賜暇湖堂, 二公竝直. 成公素豪家,
모재여성우상세창, 동사가호당, 이공병직. 성공소호가,

衾枕俱用紵絲, 極其華侈, 慕齋素窮約, 性且不喜奢, 布被
금침구용저사, 극기화치, 모재소궁약, 성차불희사, 포피

木枕, 蕭然若寒士. 成公愧甚, 終夜不安寢, 抵明還家, 語
목침, 소연약한사. 성공괴심, 종야불안침, 저명환가, 어

夫人曰, "國卿若笑我之侈, 則吾豈如是抱愧乎." 命易以
부인왈, "국경약소아지치, 즉오기여시포괴호." 명역이

樸素之物, 乃敢同宿云.
박소지물, 내감동숙운.

_ 허균(許筠)의 《성옹지소록(惺翁識小錄)》 중에서

요즘은 무슨 모임이건 차림새가 초라한 사람이 오히려 부끄러움
을 느끼는데 옛날 선비들은 달랐다. 검소함이 몸에 밴 김안국은 물
론이고, 그것을 보고 자신의 사치함을 반성할 줄 안 성세창도 역시
대단한 인물이다.

모든 가치가 금전으로 평가되는 세상이다 보니 한때 덕담으로

큰 지혜는 어리석은 듯하니

"부자 되세요"가 유행하였다. 전셋집에 살망정 체면 때문에 소형 승용차는 몰지 않고, 경제력이 없는 청소년들도 명품을 선호한다. 돈이 행복을 보장해 주지 않는다는 것을 누구나 알면서도 이른바 '재테크'에 온 신경을 곤두세우고 산다. 어쩌다 "부자 되세요"와 같은 속물스런 말이 덕담으로 쓰이게 되었는지 한심할 뿐이다.

어구풀이

賜暇(사가) : 사가독서(賜暇讀書). 유능한 젊은 문신들을 뽑아 휴가를 주어 독서당에서 공부하게 하던 일
湖堂(호당) : 독서당의 별칭
紵絲(저사) : 모시. 일반 베보다 고급이다
華侈(화치) : 화려하고 사치스러움
窮約(궁약) : 곤궁함
抵明(저명) : 아침이 됨
樸素(박소) : 소박함

자연으로
집을 삼고

내가 말하기를, "당(堂, 집)의 생김새가 어떻소?" 하니 준보(峻甫)는 웃으면서 말하였다. "내 당의 생김새는 서까래도 하지 않았고 기와도 얹지 않았으며 담장도 없고 벽도 없소. 내가 집이 가난하고 부모님은 연로하신데 콩나물에 맹물도 제대로 드리지 못하거늘 어찌 당을 만들 수 있겠소." 내가 말하길, "그렇다면 왜 당의 이름을 붙였는가?" 하니 준보가 다음과 같이 말하였다. "구불구불한 가지가 일산처럼 누워 있고 넓게 뿌리를 내린 채 무성한 잎을 한 소나무가 내 당의 용마루와 서까래인 셈이고, 옥 같은 모래가 깨끗하게 펼쳐지고 돌계단이 가지런한 것은 내 당의 고운 양탄자인 셈이오. 맑은 바람

이 때맞춰 불어와 청량하게 울려대는 것은 내 당의 거문고 소리인
셈이고 밝은 달이 비춰 주면 학 그림자가 너울거리는 것은 내 당의
그림이오. (중략) 이와 같이 하여 나의 흥취를 붙이고 나의 생애를
즐길 수 있는데 내 굳이 당을 만들 필요가 있겠소."

曰, "堂之制, 如何." 峻甫笑曰, "吾堂之制, 非椽非瓦, 非
왈, "당지제, 여하." 준보소왈, "오당지제, 비연비와, 비

墻非壁. 吾家貧親老, 菽水且不給, 又焉能堂爲?" 曰, "然
장비벽. 오가빈친로, 숙수차불급, 우언능당위?" 왈, "연

則何以堂爲號耶?" 峻甫曰, "虯枝偃蓋, 盤屈鬐鬆, 吾堂
즉하이당위호야?" 준보왈, "규지언개, 반굴봉송, 오당

之薨栭也. 玉沙淨鋪, 壇砌整然, 吾堂之細氈也. 清風時至,
지맹각야. 옥사정포, 단체정연, 오당지세전야. 청풍시지,

商徵鏗鏘, 是吾堂之琴歌也. 明月相照, 鶴影婆娑, 是吾堂
상치갱장, 시오당지금가야. 명월상조, 학영파사, 시오당

之彩膊也. (中略) 如是而可以寓吾之趣, 而樂吾之生涯, 吾
지채화야. (중략) 여시이가이우오지취, 이락오지생애, 오

何必堂爲."
하필당위."

_ 최현(崔晛)의 〈만취당기(晩翠堂記)〉 중에서

최현(崔晛)과 권산립(權山立)은 학봉(鶴峯) 김성일(金誠一) 선생의 제자들이다. 하루는 준보(권산립의 자)가 최현에게, 자기 집 뒤편에 터를 다져서 대를 쌓고 소나무와 잣나무 몇 그루를 심고서 '만취당(晚翠堂)'이라고 이름을 붙였으니 집에 대한 설명문인 '기문(記文)'을 지어 달라고 부탁하였다.

'晚翠'라는 말은 원래 소나무나 잣나무처럼 추운 겨울에도 절개를 변치 않는다는 뜻이다. 별도로 당을 지은 것이 아니고 주변 경관으로 당을 삼은 것이다. 가난 속에서도 자연을 내 집처럼 여기고 유유자적 소요할 수 있는 것이 옛 선비의 정신세계이다.

어구풀이

虯枝(규지) : 용처럼 구불구불한 가지
偃蓋(언개) : 일산처럼 퍼져 누워 있음
盤屈(반굴) : 뿌리가 넓게 서려 있음
鬅鬆(봉송) : 솔잎이 무성한 모습
甍桷(맹각) : 용마루와 서까래
壇砌(단체) : 돌계단
細氈(세전) : 고운 양탄자
商徵(상치) : 전통 음악의 오음(五音) 중 상음(商音)과 치음(徵音). 맑고 가벼운 소리다
鏗鏘(갱장) : 맑게 울리는 소리
婆娑(파사) : 너울거림
彩臒(채확) : 단청(丹靑), 채색(彩色)과 같은 말로 그림을 뜻함

큰 지혜는
어리석다

세상에서는 고지식한 사람을 어리석다고 한다. 사람들은 모두 어리석음을 미워할 줄은 알지만 그 어리석음이 귀하게 여길 만하다는 것은 모른다.

옛날에 안자(顔子)는 공자 문하의 뛰어난 제자였는데 공자께서는 그의 훌륭함을 칭찬하여 '어리석은 것 같다'고 하고 다시 '어리석지 않다'고 하였다. 이는 어찌 보통 사람들과 크게 다르지 않겠는가. 대개 진짜 어리석은 것은 사람들이 미워하는 것이 참으로 마땅하지만, 어리석지 않으면서 어리석은 것 같은 것은 안자(顔子) 수준이 아니면 할 수 없다.

世號戇者曰愚. 人皆知愚之可惡, 而不知夫愚之所可貴也.
세호당자왈우. 인개지우지가악, 이부지부우지소가귀야.

昔顔氏子, 聖門高弟也, 夫子稱其賢, 則曰如愚, 曰不愚.
석안씨자, 성문고제야, 부자칭기현, 즉왈여우, 왈불우.

是何無大異於尋常人也? 蓋眞愚, 固宜人之所惡, 不愚而
시하무대이어심상인야? 개진우, 고의인지소악, 불우이

愚, 非顔子, 不能也.
우, 비안자, 불능야.

_ 박팽년(朴彭年)의 〈우잠(愚箴)〉 중에서

　안자는 공자가 가장 총애하던 제자였다. 공자가 가르친 내용을
곧이곧대로 받아들이기만 하여 마치 어리석은 듯이 보였다. 그러나
그가 배운 내용을 실천하는 것을 보면 그 내용을 깊이 이해하고 있
었다. 그래서 공자는 그가 어리석은 것 같지만 어리석지 않다고 하
였다.

　우리말에 잔꾀를 모르고 우직하기만 한 사람을 '고진하다'고 하
는데, 지금은 들어보기도 어렵고 국어사전에도 올라 있지 않다. 일
부 인터넷 사전에서는 고집 있는 사람, 꽉 막힌 사람으로 풀이하고
'좋은 뜻이라고도 나쁜 뜻이라고도 하기 어렵다'는 이상한 언급을
하였다. 이어지는 풀이에서는 '옛것을 지키며 진실하고 성실하게 사

큰 지혜는 어리석은 듯하니

는 성격의 소유자를 일컫는다'고 하였으니 이 이상 좋은 뜻이 어디 있겠는가. 가치관이 전도된 세상이라 좋은 것을 좋은 줄 모른다. 순 우리말처럼 규정하고 있지만 이는 '古眞'이란 한자어이다.

《노자》에서는 '큰 기교는 졸렬한 듯하다(大巧若拙)'고 하였다. 같은 어법으로 '큰 지혜는 어리석은 듯하다(大智若愚)'고 할 수도 있다. 간지(奸智)가 판치는 세상에 한번쯤 음미할 만한 말이다.

어구풀이

戇(당) : 고지식함
顏氏(안씨) : 공자의 가장 뛰어난 제자였던 안연(顏淵)
聖門(성문) : 성인(聖人)의 문하, 즉 공자의 문하
尋常人(심상인) : 보통 사람

칭찬의
양면성

임금이 말했다. "혹시라도 동궁이 밖으로 마음을 쏟을까 걱정이오. 글공부가 지금 어느 정도 되었소?" 정술조가 말했다. "보통 사람 집에 비교하자면 열네댓 살 된 아이라도 거의 따라잡지 못할 것입니다. 삼가 동궁의 자질이 영특하고 총명함을 보건대 참으로 우리나라의 한없는 복입니다."

임금이 말했다. "내 앞에서는 이처럼 칭찬해도 마땅하지만 동궁이 있는 앞에서는 이와 같이 칭찬할 필요가 없소."

정술조가 말했다. "임금님의 가르침이 당연합니다. 전하의 앞에서는 비록 실상대로 아뢰지만 동궁의 앞에서는 늘 더욱 힘쓰라는 말

큰 지혜는 어리석은 듯하니

로 아룁니다. 어찌 감히 찬미하는 말을 하겠습니까?"

임금이 말했다. "그렇지만 칭찬할 만한 점은 칭찬하지 않을 수도 없소이다."

上曰, "或恐東宮之外騖也. 文理講學, 今至何境?" 述祚
상왈. "혹공동궁지외무야. 문리강학. 금지하경?" 술조.

曰, "比之閭閻, 則十四五歲之兒, 殆或不及矣. 伏覩睿質
왈. "비지여염. 즉십사오세지아. 태혹불급의. 복도예질

英明, 德器已就, 誠吾東無疆之休矣." 上曰, "在予之前,
영명. 덕기이취. 성오동무강지휴의." 상왈. "재여지전.

固當如此贊揚, 而在東宮之前, 則不必如是稱譽也." 述祚
고당여차찬양. 이재동궁지전. 즉불필여시칭예야." 술조

曰, "聖敎誠然. 在殿下之前, 雖以實狀仰陳, 在東宮之前,
왈. "성교성연. 재전하지전. 수이실상앙진. 재동궁지전.

則每以加勉之語仰陳. 豈敢爲贊美之語乎?" 上曰, "雖然,
즉매이가면지어앙진. 기감위찬미지어호?" 상왈. "수연.

可稱許處, 亦不可不稱許矣."
가칭허처. 역불가불칭허의."

_《승정원일기(承政院日記)》중에서

여기의 임금은 영조이고 동궁은 훗날 정조가 되는 세손(世孫) 이산이다. 이때 열두 살이었다. 정조는 어려서부터 총명해서 영조가 늘 흐뭇하게 여겼다. 칭찬해 주고 싶은 마음이 굴뚝같지만 자제하는 모습이 역력하다.

'칭찬은 고래도 춤추게 한다'는 말이 있을 정도로 칭찬의 교육적 효과는 널리 알려져 있다. 그러나 자칫하면 칭찬을 듣고서 자만심에 빠져 타고난 역량만큼 발전하지 못하는 부작용이 있으니 주의해야 한다. 재능에 대한 포괄적 칭찬은 삼가고 개별적, 구체적 사안이나 노력하는 모습에 대해 칭찬하는 것이 효과적이다. 영조는 칭찬의 교육학을 잘 알았던 듯하다.

한편으로는 '매를 아끼면 자식을 망친다'는 말도 있다. 그러나 매 역시 양면성이 있다. 예나 지금이나 교육이 어찌 쉬운 것이겠는가.

어구풀이

述祚(술조) : 영조(英祖) 때의 문신 정술조(鄭述祚)
外騖(외무) : 밖으로만 마음을 쏟음
睿質(예질) : 동궁의 자질
稱許(칭허) : 매우 칭찬하며 인정함

큰 지혜는 어리석은 듯하니

아,
어머니

정승 홍서봉의 어머니는 집안이 몹시 가난해서 거친 밥과 나물국도 부족할 때가 많았다. 하루는 모처럼 여종을 시켜 고기를 사 오게 했는데 고기 색깔을 보니 상해서 독이 있는 것 같았다. 여종을 보고 묻기를 "사 온 고기가 몇 덩이쯤 더 남아 있더냐?" 하고서는 곧 비녀를 팔아 돈을 마련하여 여종으로 하여금 그 고기를 모두 사 와서 담장 아래에 묻게 하였다. 다른 사람들이 사 먹고 병이 날까 봐 걱정한 것이었다. 홍 정승이 말하기를 "어머니의 이러한 마음씨가 천지신명에게 통하여 자손들이 반드시 창성할 것입니다" 하였다.

洪相國瑞鳳之大夫人, 家甚貧, 疏食菜羹, 每多空乏. 一日,
홍상국서봉지대부인, 가심빈, 소사채갱, 매다공핍. 일일,

遣婢買肉而來, 見肉色似有毒. 問婢曰, "所買之肉, 有幾
견비매육이래, 견육색사유독. 문비왈, "소매지육, 유기

許塊耶?" 乃賣首飾得錢, 使婢盡買其肉, 而埋于墻下.
허괴야?" 내매수식득전, 사비진매기육, 이매우장하.

恐他人之買食生病也. 相國曰, "母氏此心, 可通神明, 子孫
공타인지매식생병야. 상국왈, "모씨차심, 가통신명, 자손

必昌."
필창."

_ 박재형(朴在馨)의 《해동속소학(海東續小學)》 중에서

　　홍서봉의 어머니는 남편을 일찍 여의고 몸소 아들을 가르쳤는데
조금만 게으름을 피워도 종아리에 피가 맺히도록 때리면서 엄하게
교육시켰다. 그리고 그 피 묻은 회초리를 비단 보자기에 싸서 장롱
속에 소중히 간직하였다. 훗날 홍서봉이 장원급제 하였을 때 그 회
초리를 보여 주며 "네가 오늘 장원급제를 한 것은 이 회초리의 덕이
니 너에게는 더없이 고마운 스승이다"라고 말했다.
　　우리는 대개 '현모양처'라고 하면 가장 먼저 신사임당을 떠올린
다. 그러나 우리 역사에는 신사임당 못지않게 훌륭한 어머니들이 많

큰 지혜는 어리석은 듯하니

이 있다. 과거 역사가 남성 중심이었기 때문에 이들의 행적이 많이 드러나지 않았을 뿐이다. 우리의 빛나는 지성사의 뒤안길에는 이러한 어머니들이 자리하고 있음을 잊어서는 안 될 것이다.

어구풀이

疏食(소사) : 거친 밥
菜羹(채갱) : 나물국
幾許(기허) : 몇, 얼마쯤
首飾(수식) : 머리 장신구, 즉 비녀

피서(避暑)보다
망서(忘暑)를

선생께서 한번은 서울에서 《주자전서(朱子全書)》를 얻었다. 이때부터 문을 닫고 들어앉아 조용히 그 책을 읽었는데, 여름이 다 지나가도록 쉬지를 않았다. 어떤 사람이 더위에 몸이 상할 수가 있다고 일깨워 주니 선생께서는 "이 책을 공부하노라면 문득 가슴속에서 서늘한 기운이 일어나 저절로 더위를 모르게 되는데, 무슨 병이 나겠는가"라고 말씀하였다.

《주자전서》를 다 읽고 나서는 마침내 중요한 말만 뽑아내어 한 질의 책을 만들었는데, 지금 인쇄하여 간행한《주자서절요(朱子書節要)》가 바로 그것이다.

先生嘗得朱子全書于都下, 自是閉戶靜觀, 歷夏不輟. 或
선생상득주자전서우도하, 자시폐호정관, 역하불철. 혹

以暑熱致傷爲戒, 先生曰, "講此書, 便覺胸膈生涼, 自不
이서열치상위계, 선생왈, "강차서, 변각흉격생량, 자부

知其暑, 何病之有." 旣讀, 遂刪節其要語爲一袠, 今之印
지기서, 하병지유." 기독, 수산절기요어위일질, 금지인

行朱書節要, 是也.
행주서절요, 시야.

_ 김성일(金誠一)의《퇴계선생언행록(退溪先生言行錄)》중에서

　폭염이 기승을 부리는 삼복더위 철이면 너도나도 산으로 바다로
피서 여행을 떠난다. 예전에는 '바캉스'라는 게 일부 부유층들이나
즐기는 고급문화로 여겨지던 시절이 있었는데, 지금은 경제적 풍요
와 교통의 발달로 여름에 바캉스 한번 떠나지 않으면 오히려 이상하
게 생각하는 세상이 되었다.

　그러나 몇 달 지속되는 여름철의 더위를 단 며칠간의 바캉스로
물리칠 수는 없는 것이니 피서 휴가는 '고비용 저효율'의 본보기 중
하나가 아닐까 싶다. 그에 비하면 차라리 어느 일에 몰두하여 상대
적으로 더위를 잊어버리는 '망서(忘暑)'야말로 결과적으로 훨씬 효
용성 높은 피서법이 아닐까.

이 글에서 퇴계 이황(李滉) 선생은 꼿꼿한 학자의 자세와 함께 한여름 더위를 이겨 내는 지혜를 동시에 보여 준다.

어구풀이

都下(도하) : 서울 안
胸膈(흉격) : 가슴속
刪節(산절) : 덜 중요한 부분을 제거하여 요약함

큰 지혜는 어리석은 듯하니

술에 대한
경계

내가 술을 좋아하는 이유가 네 가지 있다. 마음이 편하지 않은 경우가 첫째이고, 흥취가 일어났을 경우가 둘째이고, 손님을 대접하는 경우가 셋째이고, 남이 권하는 것을 거절하기 어려운 경우가 넷째이다.

　마음이 편하지 않으면 순리에 따라 푸는 것이 옳고, 흥취가 일어났으면 시가(詩歌)를 읊는 것이 옳고, 손님을 대접할 때는 정성을 다하면 되고, 남이 권하는 것이 비록 강하더라도 내 뜻이 이미 세워졌으면 남의 말로 인해서 흔들려 빼앗기지 않는 것이 옳다. 그렇다면 이 네 가지 옳은 것을 버리고 옳지 않은 것 한 가지에 빠져들어 끝내 혼미함을 못 벗어난 채 일생을 그르치는 것은 어째서인가?

某之嗜酒有四, 不平一也, 遇興二也, 待客三也, 難拒人勸
모지기주유사. 불평일야. 우흥이야. 대객삼야. 난거인권

四也. 不平則理遣可也, 遇興則嘯詠可也, 待客則誠信可
사야. 불평즉이견가야. 우흥즉소영가야. 대객즉성신가

也, 人勸雖苟, 吾志旣樹, 則不以人言撓奪可也. 然則捨四
야. 인권수구. 오지기수. 즉불이인언요탈가야. 연즉사사

可, 而就一不可之中, 終始執迷, 以誤一生, 何也?
가. 이취일불가지중. 종시집미. 이오일생. 하야?

_ 정철(鄭澈)의 〈계주문(戒酒文)〉 중에서

인류가 만든 음식 중에 가장 오묘한 것이 술일 것이다. 술은 적당
히 마시면 인간관계를 원활하게 할 뿐 아니라 건강에도 도움이 되는
기막힌 묘약이지만, 정도가 지나치면 자신을 망칠 뿐 아니라 주위
사람들에게까지 폐를 끼치는 독약이 되기도 한다.

옛날 중국의 하(夏)나라 우(禹) 임금은 의적(儀狄)이라는 사람이
술을 만들어 바치자 이를 마시고 기분이 매우 좋아졌는데, 곧 그 해
악을 경계하여 의적을 내쫓으며 "후세에 술 때문에 나라를 망치는
자가 나올 것이다"라고 하였다. 그 후로 얼마나 많은 임금들이 술 때
문에 나라를 망쳤는가.

정철은 이처럼 술을 경계하는 글을 남겨 반성하기도 했지만, 한

큰 지혜는 어리석은 듯하니

편으로는 〈장진주사(將進酒辭)〉라는 불후의 권주가를 읊기도 하였다. 과연 어느 쪽이 진심일까?

어구풀이

某(모) : 일인칭 대명사, 나
嗜酒(기주) : 술을 좋아함
理遣(이견) : 사리를 따라 누그러뜨림
嘯詠(소영) : 시가를 읊조림
撓奪(요탈) : 흔들려 빼앗김

덕담도
눈치 있게

중추(中樞) 민대생(閔大生)은 나이 구십여 살이었다. 정월 초하룻날 여러 조카들이 세배하러 와서 뵙고는 그중 한 사람이 말하기를, "원컨대 숙부께서는 백 살까지 누리십시오" 하였다. 민 중추는 화를 내며 말하기를, "내 나이 구십여 살인데 만약 백 살까지 누린다면 몇 년만 살게 된다. 어찌 이렇게 입이 복이 없느냐?" 하고는 내쫓았다. 다른 한 사람이 나아가 말하기를, "원컨대 숙부께서는 백 살을 누리시고 또 백 살을 누리십시오"라고 하였다. 민 중추는 "이것이 진짜로 축원하는 격식이다" 하고 잘 먹여 보내었다.

큰 지혜는 어리석은 듯하니

閔中樞大生, 年九十餘. 元日諸姪來謁, 一人進曰, "願叔
민중추대생, 연구십여. 원일제질래알, 일인진왈, "원숙

享壽百年." 中樞怒曰, "我齡九十餘, 若享百年, 只有數
향수백년." 중추노왈, "아령구십여, 약향백년, 지유수

年. 何口之無福如是?" 遂黜之. 一人進曰, "願叔享壽百
년. 하구지무복여시?" 수출지. 일인진왈, "원숙향수백

年, 又享百年." 中樞曰, "此眞頌禱之體也." 厚饋而送之.
년, 우향백년." 중추왈, "차진송도지체야." 후궤이송지.

_ 성현(成俔)의《용재총화(慵齋叢話)》중에서

중추원부사(中樞院府事)를 지낸 민대생은 세조의 오른팔로 유명
한 한명회의 장인이다. 옛날치고는 보기 드물게 구십여 살로 장수하
였다. 평균 수명이 짧던 옛날에 "백 살까지 누리시라"는 것은 최고의
축수(祝壽) 인사였다. 눈치 없는 한 조카가 의례적인 축수 인사를 한
것이 구십 살이 넘은 민대생에게는 달갑지 않았다.

노인이 "일찍 죽어야지"라고 하는 말은 장사꾼이 "밑지고 판다"
는 말과 처녀가 "시집 안 간다"는 말과 함께 인간의 '3대 거짓말'로
알려져 왔다. 그 점에서 보면 민대생은 솔직한 편이다.

덕담이나 위로의 말을 건넬 때는 상대방의 기분이나 입장을 고
려해서 잘 배려할 필요가 있다. 때로는 위로한다는 말이 오히려 상

대방의 기분을 언짢게 하여 안 하느니만 못한 경우도 있다.

예를 들어 어느 대학에 들어간 사람을 치켜세워 준다고, "너 정도 실력으로는 더 좋은 학교에 갈 수 있었는데 아쉽다"는 말을 하기보다는 지금 가게 된 학교의 장점을 말해 주며 잘했다고 격려하는 것이 더 필요할 것이다.

부부간의
화목

남편과 아내 사이에는 아주 작은 허물도 모두 쉽게 알게 되므로 독촉하거나 책망하는 일이 쉽게 일어난다. 그러나 이를 조용히 타이르고 경계하여야 하지, 성난 목소리나 사나운 표정으로 서로 탓하고 원망하여서는 안 된다.

이런 때를 당하면 부모는 근심하고 탄식하게 되며, 아들딸은 이 때문에 상처받고 한스러워하게 된다. 모름지기 위로는 부모를 생각하고 아래로는 아들딸을 가엾게 여겨서, 각각 스스로 뉘우치고 깨달아 화목함에 이르도록 해야 할 것이다.

夫婦之間, 微細之過, 皆所易知, 故督責易生. 然從容規戒,
부부지간. 미세지과. 개소이지. 고독책이생. 연종용규계.

不可厲聲暴色, 互相咎怨. 當此之時也, 父母爲之憂歎,
불가려성포색. 호상구원. 당차지시야. 부모위지우탄.

子女爲之傷恨. 須宜上念父母, 下憐子女, 各自悔悟, 以抵
자녀위지상한. 수의상념부모. 하련자녀. 각자회오. 이저

于和也.
우화야.

_ 이덕무(李德懋)의《사소절(士小節)》중에서

신혼치고 잉꼬부부 아닌 커플이 없다. 그러나 이혼하는 사람들의 이유를 보면 '성격 차 때문'이 아닌 경우가 드물다. 실제로는 다른 이유가 있는데도 성격 차이로 핑계 대는 경우도 있겠지만, 진짜로 성격 차이 때문이라면 지극히 어리석은 사람들이라고 하지 않을 수 없다.

성격 차는 처음부터 있을 수밖에 없다. 한 개인만 놓고 보아도 상황에 따라 심리 상태가 달라지는데 하물며 서로 다른 환경에서 성장한 두 사람이 어떻게 성격 차가 없겠는가. 다만 처음에는 서로에 대한 이해와 배려 때문에 그것이 부각되지 않았을 뿐이다.

요즘 사람들은 개인주의적인 성향이 강하고 참을성이 적어서 부

큰 지혜는 어리석은 듯하니

부간에도 쉽게 갈라서고 마는데, 본인들이야 그렇다 치더라도 이로 인해 파생되는 주변 가족들의 희생은 무엇으로 보상할 것인가. "자식 때문에 발목이 잡혀 최악의 상황을 참고 살아야 하느냐"고 항변하는데, 그러니까 최악의 상황에 이르게 하지 말라는 것이 이 글의 요지이다.

참된
복

마음이 편안한 것을 복이라고 하고 마음이 불안한 것을 화라고 한다. 부귀는 사람들이 바라는 바이지만 세상에는 높은 벼슬에서 달아나거나 천금을 내버리면서도 정원에 물을 주고 해진 옷 입는 것을 달게 여기는 사람들이 있다. 높은 벼슬이나 천금이 편안한 것이 아니고 정원에 물을 주고 떨어진 옷을 입는 것이 편안하기 때문이다. 편안하면 즐겁고 즐거우면 복이 여기에 있으며, 불안하면 즐겁지 못하고 즐겁지 못하면 화가 여기에 있다.

무릇 귀한 신분을 복으로 삼는 사람은 지위가 바뀌면 천하게 되고, 부유함을 복으로 삼는 사람은 재물이 다하면 가난하게 된다. 밖

큰 지혜는 어리석은 듯하니

에서 얻는 것은 때에 따라 변하고, 때에 따라 변하는 것은 참된 복이
아니다.

此心所安謂之福, 此心所不安爲之禍. 貴富, 人所欲也, 世
차심소안위지복, 차심소불안위지화. 귀부, 인소욕야, 세

有逃卿相棄千金, 而甘灌園弊裘者. 卿相千金非所安, 而
유도경상기천금, 이감관원폐구자. 경상천금비소안, 이

灌園弊裘所安也. 安則樂, 樂則福在是焉, 不安則不樂, 不
관원폐구소안야. 안즉락, 낙즉복재시언, 불안즉불락, 불

樂則禍在是焉. 夫以貴爲福者, 位替則賤, 以富爲福者, 財
락즉화재시언. 부이귀위복자, 위체즉천, 이부위복자, 재

盡則貧. 得於外者, 有時而變, 有時而變者, 非眞福也.
진즉빈. 득어외자, 유시이변, 유시이변자, 비진복야.

_장유(張維)의 〈복전설(福田說)〉 중에서

가끔 세계 각국의 행복지수라는 것이 발표된다. 그때마다 윗자
리를 차지하는 것은 경제 수준이 낮은 국가나 이름도 낯선 오지의
나라들인 경우가 많다. '행복'에 관한 여러 연구 결과들을 보면 그 공
통된 결론은 경제적 풍요가 행복을 보장하지 못한다는 것이다. 이것
을 보면 우리 선조들의 생각이 현실을 도외시한 낡은 사고방식이 아

니었음이 증명된다.

　그런데도 세상에는 물질적 가치를 우선시하는 사람들이 많아 이로 인해 온갖 볼썽사나운 일들이 일어난다. 얻기 어려운 외부의 부귀를 추구하기보다 내 안에서 얼마든지 찾을 수 있는 마음의 풍요를 확인한다면 우리의 행복지수도 월등히 높아질 것이다.

어구풀이

卿相(경상) : 육조 판서와 삼정승으로, 고위 관리를 말함
灌園(관원) : 정원의 화목에 물을 줌
弊裘(폐구) : 해진 가죽옷으로, 검소한 옷차림을 말함

　　　　　　　　　　　　　　　　큰 지혜는 어리석은 듯하니

머피의
법칙

옛사람이 "세상에 뜻과 같지 않은 일이 늘 열에 여덟, 아홉은 된다" 고 하였다. 사람이 태어나 이 세상에 살면서 뜻에 맞는 것이 얼마나 되겠는가? 내가 일찍이 '마음에 어긋나는 일'이란 시 12구를 지었으 니 그 시는 이렇다.

"인간 세상 작은 일도 들쭉날쭉해, 걸핏하면 어긋나서 마땅치 않 네. 젊었을 땐 가난해서 아내마저 깔보더니, 다 늙어 봉급 많자 기생 들이 뒤따르네. 놀러 가려 잡은 날은 주룩주룩 비가 오고, 말끔하게 개인 날은 늘 일 없어 앉아 있네. 배불러서 안 먹으니 고깃국이 나오 고, 목 아파서 못 마시니 큰 술잔을 만나네. 귀한 물건 싸게 파니 시

장에서 값 오르고, 오랜 질병 낫고 나니 이웃에 명의 있네. 작은 일도
어긋남이 이와 같은데, 양주에서 학 타기를 감히 바라랴."

古人曰, "天下不如意事, 十常八九." 人生處斯世, 能愜意
고인왈, "천하불여의사, 십상팔구." 인생처사세, 능협의

者幾何? 余嘗有 '違心' 詩十二句, 其詩曰, "人間細事亦
자기하? 여상유 '위심' 시십이구, 기시왈, "인간세사역

參差, 動輒違心莫適宜. 盛歲家貧妻尙侮, 殘年厚祿妓將
참치, 동첩위심막적의. 성세가빈처상모, 잔년후록기장

追. 雨霽多是出遊日, 天霽皆吾閑坐時. 腹飽輒逢羹肉,
추. 우음다시출유일, 천제개오한좌시. 복포철손봉갱육,

喉瘡忌飮遇深巵. 儲珍賤售市高價, 宿疾方痊隣有醫.
후창기음우심치. 저진천수시고가, 숙질방전린유의.

碎小不諧猶類此, 楊州駕鶴況敢期."
쇄소불해유류차, 양주가학황감기."

_ 이규보(李奎報)의 《백운소설(白雲小說)》 중에서

동서고금을 막론하고 머피의 법칙은 적용되는 모양이다. 우리
속담에도 머피의 법칙은 많이 등장한다. '뒤로 넘어져도 코가 깨진
다', '가는 날이 장날이다', '시집가는 날 등창난다' 등이 그 예이다.

큰 지혜는 어리석은 듯하니

그러나 세상은 머피의 법칙이 있으면 그 반대인 '샐리의 법칙'도 있다. 인간의 자기중심적 욕심 때문에 머피의 법칙이 심리적으로 더 두드러져 보일 뿐이다. 욕심을 줄이고 소박한 삶을 추구하다 보면 샐리의 법칙도 늘 우리 곁에 함께하지 않을까.

어구풀이

惬意(협의) : 마음에 딱 맞음

參差(참치) : 들쭉날쭉함

動輒(동첩) : 걸핏하면

尙(상) : 오히려

殘年(잔년) : 노년

雨霪(우음) : 장맛비가 내림

輟飱(철손) : 먹기를 그침

羹肉(갱육) : 고깃국

深巵(심치) : 깊은 술잔

儲珍(저진) : 소장했던 보물

賤售(천수) : 싸게 팜

揚州駕鶴(양주가학) : '살기 좋은 양주의 원님이 되어 학을 타고 신선처럼 노닌다'는 말로 좋은 일을 한꺼번에 겸한다는 뜻

자유인
양녕대군

효령대군이 산사에 법회를 마련하고서 형님인 양녕대군과 함께 갔다. 양녕은 하인 십여 명을 시켜 매를 팔에 얹고 개를 끌게 하니, 그 방울과 패옥 소리가 계곡에 가득 울렸다. 절에 도착하자 불상 곁에 매를 쉬게 하고 절 안에서 꿩을 잡아 구워 술을 크게 마시면서 방자하고 거리낌이 없이 즐겼다.

효령이 매우 언짢아서 정색하며 말하였다. "형님께서는 부처님 앞에서 어찌 그리 무례하십니까? 장래의 화복이 두렵지 않습니까?" 그러자 양녕은 웃으면서 말하였다. "살아서는 왕의 형이라 온 나라가 존경하고, 죽어서는 부처의 형이 되어 온 세상이 받들 것이니, 살아서나 죽어서나 복이 있는데 내가 또 무엇을 두려워하겠는가?"

孝寧大君設法會於山寺, 邀讓寧大君同往. 讓寧使童僕十
효령대군설법회어산사. 요양녕대군동왕. 양녕사동복십

餘人, 臂鷹牽犬, 鈴環之聲, 響應谿洞. 旣至寺, 則休鷹于
여인. 비응견견. 영환지성. 향응계동. 기지사. 즉휴응우

佛坐之側, 剝雉而燒之, 大飮於寺中, 縱謔無忌. 孝寧甚
불좌지측. 박치이소지. 대음어사중. 종학무기. 효령심

不肯, 變色言曰, "兄何無禮於大尊乎? 將來禍福可不畏
불긍. 변색언왈. "형하무례어대존호? 장래화복가불외

歟!" 讓寧大笑曰, "生爲王兄, 一國尊之, 死爲佛兄, 一方
여!" 양녕대소왈. "생위왕형. 일국존지. 사위불형. 일방

奉之, 生死有福, 吾又何畏?"
봉지. 생사유복. 오우하외?"

_ 이육(李陸)의 《청파극담(靑坡劇談)》중에서

양녕대군은 태종의 맏아들로서 왕위를 잇게 되어 있었으나 술과
여자를 좋아하고 거침없는 행동 때문에 태종의 눈 밖에 나서 셋째인
충녕대군(훗날의 세종)에게 왕위가 돌아가게 하였다. 양녕의 방탕한
행동에 대해서는 본성이었다고도 하고 영민한 아우에게 왕위를 넘

겨주기 위해서 일부러 그랬다고도 하는 등 그 평가가 긍정과 부정으로 엇갈린다. 어쨌거나 결과적으로 조선 역사상 가장 성군이라는 세종대왕을 탄생시킨 공로는 그의 몫이다. 불교에 심취하여 불문에 귀의한 둘째 효령대군은 조연이다.

그 자신이 능력이 없었던 것도 아니었으나 궁 안에 갇힌 제왕보다는 세상을 주유하는 자유인이 되고자 했던 그의 풍류 정신은 아무나 흉내 내기 어려운 일이다.

어구풀이

臂鷹(비응) : 팔에 매를 얹힘
牽犬(견견) : 사냥개를 끌고 감
鈴環(영환) : 방울과 옥 장신구
響應(향응) : 메아리쳐 울림
剝稚(박치) : 꿩의 껍질을 벗김
大尊(대존) : 지존(至尊)과 같은 말로, 절에서는 부처를 말함

큰 지혜는 어리석은 듯하니

진정한
행복

인조 임금이 소현세자를 위해서 세자빈을 간택하게 되었다. 후보 중에 한 처녀가 용모가 매우 뛰어나서 한 번 보아도 덕이 있는 사람이라는 것을 알 만하였다.

다만 그 행동거지에 법도가 없었으며 웃음도 절제할 줄 모르고 헤펐다. 심지어 음식을 주니 밥, 나물, 국, 고깃점 등을 가리지 않고 모두 손가락으로 집어 먹는 것이었다. 궁인들은 그를 미쳤다고 손가락질하고 임금 역시 정신이 좀 모자란 것이 아닌가 의심하면서 거들떠보지 않았다.

나중에 그 여자는 다른 사람에게 시집을 가게 되었는데 부덕(婦

德)이 매우 뛰어났다. 인조는 그 소문을 듣고 탄식하면서 말하였다.
"내가 그 처녀의 술책에 빠졌구나."

仁祖爲昭顯世子, 擇嬪也. 有一處子, 容貌豊盈, 一見可知
인조위소현세자. 택빈야. 유일처자. 용모풍영. 일견가지

其爲有德之人. 而但其坐立無儀, 哂笑不節. 賜之飮食, 則
기위유덕지인. 이단기좌립무의. 신소불절. 사지음식. 즉

無論飯羹湯載, 皆以手指取啖. 宮人指以爲狂, 上亦疑其
무론반갱탕자. 개이수지취담. 궁인지이위광. 상역의기

爲病風, 不之察也. 後有所歸, 甚有婦德. 仁祖聞而嗟曰,
위병풍. 불지찰야. 후유소귀. 심유부덕. 인조문이차왈,

"我墮其術中矣."
"아타기술중의."

_ 정재륜(鄭載崙)의《공사견문록(公私見聞錄)》중에서

세자빈이 된다는 것은 그야말로 더할 나위 없는 '가문의 영광'이
다. 별일만 없으면 장차 왕비의 자리가 보장된다. 그러나 궁중 생활
이 절대적으로 행복한 것만은 아니다. 겉보기에 화려한 그 이면에는
임금의 사랑을 얻기 위한 후궁들의 시기와 질투가 들끓을 것이며 역
사가 증명하듯이 여러 이권을 둘러싼 온갖 모략에 자신의 의지와 상

큰 지혜는 어리석은 듯하니

관없이 연루되기 쉬운 법이다. 개인의 사생활도 자유롭지 못하다.

이 글의 주인공은 외형적인 부귀영화보다는 소박하지만 자신이 삶의 주체가 되는 진정한 행복을 원해서 일부러 모자란 듯이 행동하여 궁 안에 갇히기를 거부했다.

요즘 시대는 재벌가에 시집가는 것이 여성으로서 대단한 성취인 것처럼 인식되고 있다. 그러나 돈 많은 사람과 결혼했다가 불행하게 파경을 맞이하는 일을 우리는 흔히 보게 된다. 그 만남 자체가 대부분은 상대방의 인격보다는 돈이라는 외적인 조건이 전제되었기 때문이다.

어구풀이

豊盈(풍영) : 풍만함
哂笑(신소) : 마구 웃어댐
飯羹(반갱) : 밥과 나물
湯胾(탕자) : 국과 고깃점
取啖(취담) : 집어 먹음
病風(병풍) : 풍증(風症)을 앓음
歸(귀) : 시집감

관상(觀相)보다
심상(心相)

관상을 잘 보는 어떤 사람이 한 선비를 보고 말하기를, "그대의 관상은 귀하기가 이루 말할 수 없으니 응당 황제가 될 것이오"라고 하였다. 선비는 이 말을 들은 뒤로부터 행실과 학업을 닦지 않고 빈둥빈둥 놀면서 절도 없이 생활하며 황제의 자리에 오래지 않아 이르게 될 것이라고 생각하였다.

결국은 곤궁하여 굶어 죽게 되었는데, 죽음에 임하여 그의 처에게 이르기를, "짐이 장차 붕어(崩御)하게 되었으니 황후는 태자를 불러와서 유조(遺詔)를 듣도록 하시오"라고 하였다. 참으로 포복절도할 일이지만 또한 세상의 경계가 될 만하다.

有善相者觀一士人曰, "子相貴不可言, 當爲皇帝." 士人
유선상자관일사인왈, "자상귀불가언, 당위황제." 사인

自聞此語, 不修行業, 遊浪無度, 自意皇帝之位不久而至.
자문차어, 불수행업, 유랑무도, 자의황제지위불구이지.

因以窮餓至死, 臨死, 謂其妻曰, "朕將崩矣. 皇后, 召太子
인이궁아지사, 임사, 위기처왈, "짐장붕의. 황후, 소태자

來, 聽遺詔." 誠足絶倒, 亦可爲世戒.
래, 청유조." 성족절도, 역가위세계.

_ 안정복(安鼎福)의《호유잡록(戶牖雜錄)》중에서

오랜 옛날부터 사주, 관상, 풍수, 성명 등으로 사람의 운명이나 길흉화복을 판단하는 풍습이 있다. 사주와 관상은 선천적으로 타고 나는 것이고 풍수와 성명은 후천적으로 정해진다는 차이가 있다. 그러나 이들에 의해서 운명이 결정된다는 생각은 바람직하지 않으며, 전혀 맞지 않는 경우도 많다. 이 글은 바보스러운 사람을 풍자하기 위한 것이지만 아울러 관상의 허구성을 폭로하고 있다.

흔히 관상 좀 볼 줄 안다는 사람들이 공개적으로 '이러이러한 관상은 길하다느니 흉하다느니' 함부로 발설하는 예를 볼 수 있는데 반드시 삼가야 할 일이다. 좋은 평가인 경우는 덕담 정도로 알고 넘어갈 수 있지만, 흉한 관상이라는 것에 해당하는 사람은 잘못한 것

없이 찜찜하고 기분 나쁜 일이 아닐 수 없다.

옛말에 "관상이 수상(手相)만 못하고 수상이 심상(心相)만 못하다"고 했다. 올바른 마음을 갖춘 사람이야말로 얼굴 외형하고는 상관없이 복 있는 사람이지 않겠는가.

善相(선상) : 관상을 잘 봄

崩(붕) : 황제의 죽음

遺詔(유조) : 황제의 유언

絶倒(절도) : 너무 우스워 까무러쳐 넘어짐

행복과
불행

선비에게는 행복과 불행이 있으니, 그 누가 때를 만난 것을 행복으로 알고 때를 못 만난 것을 불행으로 여기지 않겠는가! 비록 그렇기는 하지만 간혹 때를 만났어도 결국은 불행하고 때를 못 만났어도 결국은 다행한 사람이 있으니, 어찌 일괄적으로 평가할 수 있겠는가.

유자후(柳子厚)는 먼 지방으로 귀양 가서 죽었으나 학문과 문장이 찬란하게 후세에 전하였으니 이것은 때를 만나지 못한 중 다행이요, 왕개보(王介甫)는 국정을 담당하여 여러 정책을 시행하였으나 소인배들이 들러붙고 마침내 나라를 그르쳤으니 이것은 때를 만난 중 불행이다.

士有幸·不幸, 孰不以遇爲幸, 以不遇爲不幸也哉! 雖然,
사유행·불행. 숙불이우위행. 이불우위불행야재! 수연.

或有遇而不幸, 不遇而幸者, 何可一槪之哉. 柳子厚貶死
혹유우이불행. 불우이행자. 하가일개지재. 유자후폄사

荒裔, 而文學辭章炳炳傳後, 是不遇之幸也. 王介甫當國
황예. 이문학사장병병전후. 시불우지행야. 왕개보당국

施設, 而群小附會, 卒償其國, 是遇之不幸也.
시설. 이군소부회. 졸분기국. 시우지불행야.

_ 이이(李珥)의 《석담일기(石潭日記)》 중에서

유종원(柳宗元)은 정권에서 소외되고 귀양살이하며 불우한 삶을 살았으나 당나라를 대표하는 문인, 학자로서 후세의 추앙을 받고 있다. 왕안석(王安石)은 송나라 때 황제의 신임을 한 몸에 받으며 권좌에 올라 신법(新法)을 시행하였다. 그러나 무리한 개혁 정책의 실패로 인해 나라를 몰락하게 한 죄인이라는 오명을 쓰고 있다. 이처럼 어떤 사람에 대해 세속적인 기준으로 볼 때의 부귀영달과 후대의 역사적인 평가는 전혀 상반될 수가 있다.

2000년 미국 대선에서 법정 공방까지 간 끝에 엘 고어는 조지 부시에게 석패했다. 승자는 지구상 최고의 권좌에 올랐고 패자는 야인으로 돌아갔다. 그러나 재임하는 동안 부시는 온갖 조롱을 당하며 욕을 먹었는데, 고어는 노벨 평화상을 수상하고 세상의 존경을 받았다. 우리나라도 유사한 예가 많다.

지금 뜻하는 바를 이루었거나 반대로 눈앞의 목표를 이루지 못했다고 해서 일희일비할 것은 못된다. 진정으로 보람 있는 삶이 무엇인가를 생각하고 긴 안목으로 살아갈 일이다.

어구풀이

一槩(일개) : 일괄적으로 평가함
柳子厚(유자후) : 당(唐)나라의 대표적 문인인 유종원(柳宗元)
王介甫(왕개보) : 송(宋)나라의 정치가 왕안석(王安石)
荒裔(황예) : 먼 변방
炳炳(병병) : 찬란하게 빛남
施設(시설) : 정책을 폄
僨(분) : 넘어뜨림. 패망시킴

2장.

반성의
힘

부끄러운 세상에
진실의 촛불을 밝히다

두려운 것은 백성이다

임금이 비록 높지만 사직에 비하건대 임금은 가볍고 백성이 중합니다. 옛사람이 물을 백성에 비유하고 배를 임금에 비유했는데, 물은 능히 배를 띄울 수도 있지만 또한 능히 배를 뒤집어엎을 수도 있기 때문입니다. 또 이르기를 "두려워할 만한 것은 백성이 아닌가?"라고 하였으니, 그들이 이반(離叛)하면 나라가 임금의 나라일 수 없기 때문입니다.

신(臣) 등이 전하께 의심을 두는 것이 어찌 잘못이겠습니까? 마음속에 의심을 품고서도 사실대로 아뢰지 않는다면 이것이 잘못이며 죽어도 죄가 남는 까닭에, 감히 아뢰는 것입니다.

人君雖尊, 比之社稷, 則君爲輕, 民爲重. 古人以水比民,
인군수존, 비지사직, 즉군위경, 민위중. 고인이수비민,

以舟比君, 所以水能載舟, 亦能覆舟也. 又云, '可畏非民?',
이주비군, 소이수능재주, 역능복주야. 우운, '가외비민?',

以其離叛, 則國非其國也. 臣等之有疑於殿下, 何過哉? 疑
이기리반, 즉국비기국야. 신등지유의어전하, 하과재? 의

於心而不以實啓, 則是爲過矣, 死有餘罪, 故敢啓.
어심이불이실계, 즉시위과의, 사유여죄, 고감계.

_《연산군일기(燕山君日記)》중에서

연산군이 신하와 백성들을 무시하고 정사를 제멋대로 하자 영의
정 한치형(韓致亨)이 아뢴 말이다. 이처럼 절대 권력의 군주제 시대
에도 임금은 가볍고 백성이 중하다고 대놓고 말할 수 있었다. 이는
《맹자(孟子)》에 나오는 "백성이 귀하고 사직이 다음이고 임금은 가
볍다(民爲貴 社稷次之 君爲輕)"라는 말을 인용한 것이다. 물을 백성
에 비유하고 배를 임금에 비유한 말은 《순자(荀子)》에 나온다.

맹자나 순자는 대대로 세습되는 절대 권력의 임금일지라도 그
역할을 제대로 하지 못했을 때는 자리에서 몰아낼 수 있다고 보았
다. 그 자리가 아무리 천명에 의한 것일지라도 백성들이 바꿀 수 있
다고 본 것이다. "모든 권력은 국민으로부터 나온다"는 민주공화국

의 시대에 이런 내용이 오히려 새삼스럽게 느껴진다.

"두려워할 만한 것은 백성이 아닌가?"라는 말은 요(堯) 임금과 함께 전설적 성군(聖君)으로 추앙받는 순(舜) 임금의 말이다. 백성을 두려워할 줄 알았기 때문에 성군이 된 것이다.

어구풀이

人君(인군) : 임금
社稷(사직) : 원래 토지 신과 곡식 신에게 제사 지내는 장소인데, 국가의 운명을 뜻함
實啓(실계) : 사실대로 아룀

가정맹어호

(苛政猛於虎)

공자께서 '가혹한 정치는 호랑이보다 무섭다'고 한 것은 정치하는 사람을 경계시킨 것입니다. 이런 말은 범연하게 간과해서는 안 됩니다. 여러 책 중에 가혹한 정치에 대해서 논한 것이 많지만 이 말처럼 통절한 것은 없습니다. 유종원이 〈포사자설(捕蛇者說)〉을 지었는데 그것은 이 글로부터 나온 것입니다. 사람들이 마음속에서 뼈를 깎는 듯한 고통으로 여기는 것으로 가혹한 정치보다 심한 것이 없습니다. 후세의 임금들이 누가 이 글을 보지 않았겠습니까만, 그래도 가혹한 정치가 많으니 그 까닭은 무엇이겠습니까? 읽을 때는 알지만 읽고 난 후에는 곧 종이 위의 빈말이 되어 버리기 때문에 그렇습니다.

큰 지혜는 어리석은 듯하니

夫子曰, '苛政猛於虎'者, 戒爲政者也. 此等處, 不可泛
부자왈. '가정맹어호'자. 계위정자야. 차등처. 불가범

然看過. 方冊中論苛政者多矣, 而未有若此之痛切也. 柳
연간과. 방책중론가정자다의. 이미유약차지통절야. 유

宗元作〈捕蛇者說〉, 其自此書中出來矣. 人情之所刻苦
종원작〈포사자설〉, 기자차서중출래의. 인정지소각고

者, 未有甚於苛政. 後世人君, 孰不見此文, 而苛政多焉,
자. 미유심어가정. 후세인군. 숙불견차문. 이가정다언.

其故何也? 讀時則知之, 讀過後, 則便爲紙上空言而然矣.
기고하야? 독시즉지지. 독과후. 즉변위지상공언이언의.

_《승정원일기(承政院日記)》중에서

　이 글은 영조 때 이도원(李度遠)이라는 신하가 경연(經筵)에서
임금에게 한 말이다. 〈포사자설〉은 당나라의 문장가인 유종원이, 세
금 대신 독사에게 물려 죽을 위험을 무릅쓰고 뱀을 잡아 바치며 사
는 사람을 예로 들어 '가정맹어호'를 구체적으로 실증한 글이다. 공
자의 이 말은 원래《예기(禮記)》에 나온다. 시아버지와 남편과 아들
이 연속해서 호랑이에게 화를 당한 과부가 다른 곳으로 떠나지 못하
는 것이, 그래도 그곳은 다른 곳과 달리 가혹한 정치가 없기 때문이
라는 말을 듣고 한 말이다.

이 말은 워낙 유명해서 고금을 막론하고 위정자치고 한번 읽어 보지 않은 사람이 없다. 그런데도 여전히 가혹한 정치는 끊이지 않으니 그것은 읽을 때는 바로 알지만 고개만 돌리면 금방 휴지 조각처럼 외면해 버리기 때문이라는 것이 이도원의 한탄이다. 아는 것과 실행하는 것은 별개의 문제다.

어구풀이

....

夫子(부자) : 원래 선생님이란 뜻인데 흔히 공자(孔子)를 가리킨다
苛政(가정) : 가혹한 정치
泛然(범연) : 범상함, 보통임
看過(간과) : 대충 보고 지나감
方冊(방책) : 책, 서적
刻苦(각고) : 뼈를 깎듯이 몹시 괴로움
便(변) : 곧, 바로

공정한
인사

이후백(李後白)은 이조판서가 되었을 때 여론을 존중하고 절대 청탁을 받지 않았으며, 아무리 친구라도 너무 자주 찾아가면 달가워하지 않았다.

하루는 한 친척이 찾아와서 이야기를 나누다가 벼슬자리 구하는 뜻을 내비쳤다. 이후백은 안색이 변하면서 사람들의 이름이 많이 적힌 종이 한 장을 보여 주었다. 이후백이 "내가 그대 이름을 적어 놓고 장차 벼슬에 추천하려고 하였네. 그런데 지금 그대가 벼슬 청탁을 하니, 청탁한 사람이 자리를 얻는다면 공정한 도리가 아닐세. 애석하네. 그대가 만약 말을 안 했다면 벼슬을 얻을 수 있었을 텐데"

하고 말하자, 그 사람은 크게 부끄러워하며 물러갔다.

> 李後白, 爲銓長, 崇務公論, 不受請託, 誰親舊, 若頻往候
> 이후백, 위전장, 숭무공론, 불수청탁, 수친구, 약빈왕후
>
> 之, 則深以爲不悅. 一日有族人往見, 語次示求官之意. 後
> 지, 즉심이위불열. 일일유족인왕견, 어차시구관지의. 후
>
> 白變色, 示以一紙, 多記人姓名. 後白曰, "吾錄子名, 將以
> 백변색, 시이일지, 다기인성명. 후백왈, "오록자명, 장이
>
> 擬望, 今子有求官之語, 若求者得之, 非公道也. 惜乎, 子
> 의망, 금자유구관지어, 약구자득지, 비공도야. 석호, 자
>
> 若不言, 可以得官矣." 其人大慚而退.
> 약불언, 가이득관의." 기인대참이퇴.

_ 이이(李珥)의 《석담일기(石潭日記)》 중에서

율곡(栗谷) 선생의 《석담일기》는 《경연일기(經筵日記)》라고도 하는데, 당대를 이끌어간 여러 인물의 장단점을 솔직하고 냉정하게 평가한 것으로 정평이 나 있다. 거의 혹평이 주를 이루는 중에, 이후백은 율곡이 칭찬해 마지않을 정도로 청백리(淸白吏)로 이름 높은 문신(文臣)이다. 이 글은 그가 관리의 선발을 책임지는 이조판서로 있을 때 얼마나 공정하게 인사를 하였는지 잘 보여 준다.

큰 지혜는 어리석은 듯하니

어느 때고 불공정한 인사로 나라나 조직이 시끄러워지는 경우가 적지 않다. 어떤 이는 인사권자가 어느 정도 재량을 발휘할 수 있지 않느냐고도 한다. 그러나 문제는 공정성이다. 유능한 사람이 부당한 처사로 탈락한다면 어찌 그 조직이 발전하겠는가. 우리 사회는 아직도 많은 분야에서 개인의 능력보다 인맥에 의해 인사가 좌우되고 있다. 결국은 그 조직을 허약하게 만드는 해악을 저지르는 짓이다.

어구풀이

銓長(전장) : 전형을 맡은 부서의 장이란 뜻으로, 여기서는 이조판서를 뜻함
候(후) : 인사차 방문함
擬望(의망) : 벼슬자리에 후보자로 추천함

부모의
정도(正道)

정절공 정갑손은 성품이 맑고 곧으며 엄격하여서 그 자식들도 감히 사적인 일로 청탁을 하지 못하였다. 함경도 관찰사로 있을 때 임금의 부름으로 서울에 갔다가 돌아오게 되었는데, 도에서 시행한 과거의 합격자 방이 나붙은 것을 보니 아들 오(烏)도 들어 있었다.

그는 수염이 떨릴 정도로 화가 나서 시험관을 욕하며 말하였다. "늙은이가 감히 나에게 여우처럼 아첨하는가. 내 아들 오가 아직 학업이 정통하지 못한데 어찌 요행수로 임금을 속이겠는가."

마침내 아들 이름을 명단에서 삭제하고 끝내 시험관을 내쫓아 버렸다.

큰 지혜는 어리석은 듯하니

鄭貞節公甲孫, 性清直嚴峻, 子弟不敢干以私. 嘗爲咸吉
정정절공갑손, 성청직엄준, 자제불감간이사. 상위함길

道監司, 被召如京, 及還, 道見解榜, 子烏亦中焉. 公奮髥,
도감사, 피소여경, 급환, 도견해방, 자오역중언. 공분염,

怒罵試官曰, "老奴敢狐媚我乎. 吾兒烏業未精, 豈可僥倖
노매시관왈, "노노감호미아호. 오아오업미정. 기가요행

欺君耶." 遂鉤去之, 竟黜試官.
기군야." 수구거지, 경출시관.

_ 서거정(徐居正)의 《필원잡기(筆苑雜記)》 중에서

대개의 부모들은 자식의 실력이 어떠하건 일단 시험에 합격하기
만 하면 무조건 기뻐하게 마련이다. 그러나 정갑손은 아들의 실력이
아직 부족함을 잘 알기 때문에 시험관이 자신에게 아첨하려고 합격
시켜 준 것으로 여겼다. 부족한 실력으로 관직에 나아가면 나랏일을
그르치게 되니 임금을 속이는 결과라는 인식이었다.

부모가 자식을 위해 시험에서 부정을 저지르는 경우를 심심찮게
접하게 된다. 예전에도 교사가 검사 아들의 답안을 조작하는가 하면
교수가 자기 자식에게 입시 문제를 유출하는 사례도 있었는데, 특히
최근에는 막강한 권력을 배경으로 터무니없는 부정 입학을 저질러
서 전 국민적인 공분을 사고 있다. 선인들의 추상같은 공명정대함에

비하면 너무나 부끄러운 일이다.

干(간) : 청탁함
咸吉道(함길도) : 함경도(咸鏡道)의 예전 이름
監司(감사) : 관찰사
被招(피초) : 임금의 부름을 받음
如(여) : 가다
解榜(해방) : 합격자 명단을 발표함
奮髯(분염) : 수염을 부르르 떪. 분노한 모습
怒罵(노매) : 화내며 욕함
狐媚(호미) : 여우처럼 간사하게 아첨함

큰 지혜는 어리석은 듯하니

논공행상
(論功行賞)

무릇 논공행상은 그 당사자만을 위한 것이 아니라 많은 백성을 권장하기 위한 것이다. 만약 그 적절함을 잃어서 상만 주어야 할 사람을 고관으로 봉해 주거나, 고관으로 봉해야 할 사람을 약간의 승진에 그치거나, 승진시킬 사람을 승진시키지 않거나, 승진시켜서는 안 될 사람을 승진시키거나, 높이 예우해야 할 사람을 예우하지 않거나, 예우하지 않아야 할 사람을 예우한다면, 이는 실용을 버리고 허위를 따르는 것이다.

　이는 자기의 사사로운 뜻으로 한 것이 아니라면 틀림없이 다른 사람의 사사로운 뜻을 이루어 주려고 한 것이니, 어찌 많은 백성을 권장하고 후세 사람들을 가르칠 수 있겠는가.

夫論功行賞, 非獨爲其人, 實爲勸萬姓也. 若失其宜, 而可
부논공행상, 비독위기인, 실위권만성야. 약실기의, 이가

賞賜者行封爵, 可封爵者止陞遷, 可陞遷者不陞遷, 不可陞
상사자행봉작, 가봉작자지승천, 가승천자불승천, 불가승

遷者陞遷之, 可尊禮者不尊禮, 不可尊禮者尊禮之, 是捨實
천자승천지, 가존례자불존례, 불가존례자존례지, 시사실

用而循虛僞. 如非自己之私意, 必是濟人之私意, 何以勸萬
용이순허위. 여비자기지사의, 필시제인지사의, 하이권만

姓敎後世也.
성교후세야.

_ 최한기(崔漢綺)의 《인정(人政)》 중에서

예전에는 논공행상이라면 으레 전쟁이 끝난 다음에 이루어졌는데, 지금은 주로 선거가 끝난 다음에 시행된다. 선거도 일종의 전쟁이다. 각종 선거가 끝나면 승자는 전리품을 챙기기에 여념이 없다. 그 전리품 챙기기의 일환이 논공행상이다. 그러나 진짜 전쟁과 선거는 본질이 다르다. 전쟁은 상대를 완전히 타도하는 것이 목표지만, 선거는 공생을 지향해야 한다. 당선자는 지지하지 않았던 사람들까

큰 지혜는 어리석은 듯하니

지 포용해서 어루만지고 사회 통합에 힘써야 한다.

승자의 편에 섰던 사람들은 서로 자신의 공로를 내세우며 상을 차지하기 위해 새로운 다툼에 빠져드는 것이 고금의 역사에서 보는 일반적 현상이다. 그러나 논공행상은 냉정해야 한다. 공이 있다고 해서 능력이 안 되는 자리에 기용한다든지 자신의 입맛에만 맞는 편파적인 인사를 하는 것은 조직을 어지럽히고 나라를 망치는 지름길이다.

어구풀이

封爵(봉작) : 높은 작위를 수여함
陞遷(승천) : 승진시킴
濟(제) : 이루어 줌

원칙의
준수

선조(宣祖)께서 왕위에 오르기 전에 일찍이 양인수(楊仁壽)에게 《사략(史略)》을 배웠는데, 즉위 초에 양인수를 문관(文官)의 정식 직책에 임명하려고 하자 대간(臺諫)에서 불가하다고 따지고 들어 선조께서 마침내 중지하셨습니다. 다시 상호군(上護軍)에 임명하려고 하자 대간에서 또 불가하다고 따지고 들어 선조께서 또 중지하셨습니다. 그 후에 호군(護軍)과 사직(司直)으로 그 녹(祿)을 바꾸어 주려고 하였으나 역시 대간이 따지고 들어 실행하지 못하였습니다. 당시에 대간은 그 직책을 잘 수행했다고 할 수 있고 거룩한 선조께서 간언을 받아들인 덕도 참으로 지극했습니다.

宣廟龍潛之時, 嘗學史略於仁壽, 卽位初, 欲以仁壽付東班
선묘용잠지시, 상학사략어인수, 즉위초, 욕이인수부동반

正職, 而臺諫論啓以爲不可, 宣廟遂止之. 又欲付上護軍,
정직, 이대간논계이위불가, 선묘수지지. 우욕부상호군,

而臺諫又論啓以爲不可, 而宣廟又止之. 其後欲以護軍與
이대간우논계이위불가, 이선묘우지지. 기후욕이호군여

司直, 遞付其祿, 而亦以臺臣論啓, 不果. 當時臺諫, 可謂
사직, 체부기록, 이역이대신논계, 불과. 당시대간, 가위

能擧其職, 聖祖受諫之德, 吁亦至矣.
능거기직, 성조수간지덕, 우역지의.

_ 송준길(宋浚吉)의 《경연일기(經筵日記)》 중에서

선조는 원래 왕위 계승권자가 아니었기 때문에 정식으로 세자 교육을 받은 것이 아니고 사가(私家)에서 공부하였다. 그때 의원(醫員)인 양인수에게 《사략》을 배웠는데 왕위에 오르고 나서 보답하고 싶어 의원 신분인 그를 정식 문관직에 임명하려고 하였다. 그러나 아무리 임금의 명이라도 절차와 규정에 벗어나는 것이므로 대간들이 극력 반대한 것이다.

선조는 약간 격을 낮추어 무관직에라도 임명하려고 하였지만 대간들은 끝까지 원칙을 따졌다. 임금이 끝까지 고집을 피우면 그만이

지만 선조는 결국 대간들의 의견을 존중하였다.

지금은 소위 민주주의 시대라지만, 현실을 살펴보면 권력자의 고집 앞에 자신의 소신을 굽히지 않고 바른말을 했다는 소식을 들을 수 없다. 설사 바른말을 한다고 해도 그것이 잘 받아들여지지도 않는 세상이다.

걸핏하면 조선시대의 부정적인 면만 부각시켜 탓하지 말고 지금 우리보다 훨씬 훌륭한 점도 많았다는 것을 알고 배워야 할 것이다.

어구풀이

宣廟(선묘) : 조선 14대 왕 선조(宣祖)의 별칭

龍潛(용잠) : 왕위 계승권자가 아닌 사람이 왕이 되기 전을 가리킴

史略(사략) : 중국 역대 왕조의 정사(正史)를 요약한 역사책

東班(동반) : 문관(文官)

上護軍(상호군) : 중앙 군사 조직인 오위(五衛)에 속한 정삼품 벼슬

護軍(호군) : 오위에 속한 정사품 벼슬

司直(사직) : 오위에 속한 정오품 군직(軍職)

遞付(체부) : 바꾸어 수여함

실록(實錄)의
엄정성

세종 13년에 임금이 말하기를, "《태종실록》이 거의 완성되어 가니 내가 한번 보고 싶다"고 하였다. 우의정 맹사성이 아뢰기를, "실록에 기재되어 있는 것은 모두 당시의 일을 후세에 보여 주기 위한 것으로, 모두 실제의 일입니다. 전하께서 보시더라도 태종을 위해서 고칠 수는 없습니다. 지금 한 번 보시게 되면 후세의 임금들도 이를 따라 할 것이니 사관(史官)들이 의심하고 두려워하여 반드시 그 직책을 제대로 수행하지 못할 것입니다. 그렇게 되면 어떻게 장래에 미더움을 전할 수 있겠습니까?" 하였다. 임금은 그 말을 따랐다.

世宗十三年, 上曰, "太宗實錄垂成, 予欲觀之." 右相孟思
세종십삼년,   상왈,   "태종실록수성,   여욕관지."   우상맹사

誠曰, "實錄所載, 皆當時之事, 以示後世, 皆事實也. 殿下
성왈,   "실록소재,   개당시지사,   이시후세,   개사실야.   전하

見之, 亦不得爲太宗更改. 今日見之, 後世人主效之, 史官
견지,   역부득위태종경개.   금일견지,   후세인주효지,   사관

疑懼, 必失其職. 何以傳信將來." 上從之.
의구,   필실기직.   하이전신장래."   상종지.

_ 이긍익(李肯翊)의《연려실기술(燃藜室記述)》중에서

　2005년부터 국역《조선왕조실록》이 인터넷을 통하여 무료
로 공개되면서 국민들에게 유익하게 활용되고 있다. 또 2006년
에는 일본이 불법 반출해 간 오대산 사고본을 돌려받기도 했
다. 이 실록은 세계사에 유래를 찾기 힘들 정도로 방대한 역사
기록이어서 이미 1997년에 '유네스코 세계기록유산'으로 등록
되어 세계적인 보물로 공인을 받고 있다.

　실록은 이 글에서 보는 것처럼 진실을 수호하기 위해 절대
권력 앞에서도 양보하지 않은 사관의 노력과 이에 호응해 준
임금의 배려 덕분에 그 가치를 높일 수 있었다. 실록의 내용을
대중과 공유하고 빼앗긴 실록을 찾아온 것도 의미 있는 일이었

큰 지혜는 어리석은 듯하니

지만, 그에 못지않게 권력에 의해 좌우되지 않는 정론(正論)의
정신을 회복하는 것이 더욱 중요할 것이다.

어구풀이

垂成(수성) : 거의 다 완성되어 감

人主(인주) : 임금

效(효) : 흉내내시 따라 함

남의 말을
받아들인다는 것

임금은 수많은 일을 총괄하니 어느 일인들 중요하고 절실하지 않겠는가만, 간언(諫言)을 받아들이는 것이 더욱 중요하다. 그런데 사람의 마음이란 힘써 선행을 하는 자는 적고 일시적으로 눈앞의 안일만 탐하는 사람이 많으니, 천둥 벼락과도 같은 임금의 위엄을 거스르고 뼈나 가시 같은 강직한 말을 올리는 것을 어찌 사람마다 능히 할 수 있겠는가? 임금이 반드시 넉넉하게 용납하고 마음을 비우고 받아들이며 칭찬하고 권장해 주어서, 말이 비록 중도에 맞지 않고 과격하더라도 그르다고 하지 말고 넉넉히 받아들여야 한다. 그런 다음에야 온 세상의 바른말을 모을 수 있고 온 세상의 선을 오게 할 수 있다.

人君總攬萬機, 何事不爲要切, 而納諫爲尤切. 人情, 勉强
인군총람만기, 하사불위요절, 이납간위우절. 인정, 면강

爲善者少, 姑息偸安者多, 犯雷霆之威, 抗骨鯁之辭, 豈人
위선자소, 고식투안자다, 범뢰정지위, 항골경지사, 기인

人所可能哉? 必須優容虛受, 嘉悦勸奬, 言雖不中而過激,
인소가능재? 필수우용허수, 가열권장, 언수불중이과격,

亦不爲非而有所優納, 然後始可以集天下之言, 而來天下
역불위비이유소우납, 연후시가이집천하지언, 이래천하

之善也.
지선야.

_기대승(奇大升)의 《논사록(論思錄)》 중에서

임금에게는 은미하고 완곡한 간언보다는 면전에서 낯빛이 달라지더라도 직간(直諫)하라는 것이 옛날의 가르침이었다. 그리고 옛날의 문신(文臣)들은 이러한 가르침을 실천한 사람이 많았다. 임금이 던진 벼루에 이마를 맞아 피를 흘리면서도 바른말 하기를 멈추지 않은 사람도 있었고, 목숨을 내놓고 직언을 서슴지 않은 예도 흔하게 찾아볼 수 있다.

그런데 민주시대라는 요즘에는 오히려 집권자의 말 한마디에 일언반구 이의 제기 없이 일사불란하게 추종하는 것이 고질적인 풍조

가 되어 버렸다.

남의 말을 잘 받아들여야 한다는 것이 위정자에게만 적용되는 것이겠는가. 기업의 경영자나 단체의 장은 물론이고 개인 차원에서도 마찬가지다. 인간은 절대적으로 불완전한 존재이다. 그런데도 자신만이 최고선인 양 교만에 빠진 사람들이 많으니 반드시 명심해야 할 말이다.

어구풀이

萬機(만기) : 임금이 보는 수만 가지 정무
納諫(납간) : 간언을 받아들임
勉强(면강) : 부지런히 힘씀
偸安(투안) : 당장의 안일함만 탐함
雷霆(뇌정) : 천둥 벼락. 임금의 분노를 비유
骨鯁(골경) : 뼈와 가시. 굳센 사물의 비유
嘉悅(가열) : 기쁘게 칭찬함

큰 지혜는 어리석은 듯하니

"나의 잘잘못을
쓰라"

성종 임금이 하교하여 말하였다. "신하로서 감히 간하여 바르게 인도하는 자를 '직신(直臣)'이라 하고 아첨하며 잘한다고 칭찬하는 자를 '유신(諛臣, 아첨꾼)'이라고 이른다." 그러고는 승지·사관·육조·삼사(사헌부·사간원·홍문관)의 관원들에게 각각 붓 40자루와 먹 20개씩을 주면서 말하기를, "이것으로 나의 잘잘못을 쓰라"고 하였다.

　무릇 임금이 바른말을 구하는 것이 이처럼 정성스러운 지경에 이르렀으니 그 하사를 받은 이들은 입 다물고 침묵하고자 해도 마음이 절로 편하지 못할 것이고 아첨하는 말을 하려고 해도 부끄러움이 속에서 일어날 것이다.

成宗有敎曰, "人臣敢諫導正者, 是謂直臣, 進媚稱善者,
성종유교왈, "인신감간도정자, 시위직신, 진미칭선자,

謂之諛臣." 因賜承旨·史官·六曹·三司, 筆各四十枚, 墨
위지유신." 인사승지·사관·육조·삼사, 필각사십매, 묵

各二十笏, 曰, "以此書吾得失." 夫人主之求言, 誠篤至於
각이십홀, 왈, "이차서오득실." 부인주지구언, 성독지어

如此, 受其賜者, 口雖欲嘿, 心不能自安, 將進諛辭, 羞赧
여차, 수기사자, 구수욕묵, 심불능자안, 장진유사, 수난

內作.
내작.

_ 이익(李瀷)의 《성호사설(星湖僿說)》 중에서

옛 임금들은 절대권력의 왕정시대에도 이처럼 자신의 잘못을 지
적해 줄 수 있는 신하를 원하였다. 조선 왕조가 일부 부정적인 요소
에도 불구하고 오랜 시대를 지탱할 수 있었던 원동력이기도 하다.
정부에 대한 비판에 걸핏하면 열을 올리고 반박하며 불이익을 주려
는 요즘의 세태보다 훨씬 성숙한 태도이다.
　사람은 누구나 잘못을 저지르며, 완벽할 수가 없다. 자신이 미

처 느끼지 못하는 잘못을 남들은 쉽게 알아볼 수 있으니 남의 충고가 필요하다. "좋은 약은 입에 쓰고 충성스런 말은 귀에 거슬린다(良藥苦於口, 忠言逆於耳)"는 말이 있다. 임금과 신하의 관계만이 아니라 우리 주위의 모든 인간관계에도 똑같이 적용되는 말이다.

어구풀이

人臣(인신) : 신하
進媚(진미) : 아첨을 바침
諛辭(유사) : 아첨하는 말
羞赧(수난) : 부끄러움

적임자를
얻어야

임금께서 말씀하기를, "오늘날 폐단을 개혁하기가 심히 어렵소"라고
하였다. 내가 말하기를, "만약 사람만 얻으면 폐단을 개혁하기는 어
렵지 않지만 적임자를 얻지 못하면 일은 결코 이룰 수 없습니다"라
고 하였다. 임금께서 말씀하기를, "맞소. 그러나 사람을 얻었다 해도
송나라 신종(神宗)같이 뜻만 컸지 재주가 서툴다면 또한 무슨 보탬
이 되겠소"라고 하였다. 내가 말하기를, "신종은 뜻을 세운 것부터가
잘못되었습니다. 나라를 다스림에 백성을 사랑하는 것이 먼저인데,
신종은 부강(富强)만 일삼으려 했기 때문에 소인들이 틈을 타서 이
(利)를 일으키자는 의견을 바쳤습니다. 만일 백성 보호하기를 임무

로 삼았다면 소인들이 어떻게 간사함을 부렸겠습니까. 임금 된 자는
반드시 백성을 보호하는 데 뜻을 두어야 합니다"라고 하였다.

上曰, "今日革弊極難矣." 珥曰, "若將得人, 則革弊不難,
상왈, "금일혁폐극난의." 이왈, "약장득인, 즉혁폐불난,

不得其人, 則事必無成." 上曰, "是也. 雖曰得人, 若如宋
부득기인, 즉사필무성." 상왈, "시야. 수왈득인, 약여송

神宗之志大才疏, 則亦何益乎?" 珥曰, "神宗之立志亦誤
신종지지대재소, 즉역하익호?" 이왈, "신종지입지역오

矣. 爲國愛民爲先, 而神宗欲事富强, 故小人乘時, 進興利
의. 위국애민위선, 이신종욕사부강, 고소인승시, 진흥리

之說. 若以保民爲務, 則小人何由售其奸乎? 爲人君者, 須
지설. 약이보민위무, 즉소인하유수기간호? 위인군자, 수

以保民爲志可也."
이보민위지가야."

_ 이이(李珥)의 《석담일기(石潭日記)》 중에서

역사상의 명군(名君)들치고 자신의 능력만으로 그 업적을 이룬
사람은 아무도 없다. 반드시 그를 보좌하는 훌륭한 명신(名臣)들이
있었기에 가능했다. 아무리 어려운 난세라도 유능한 인물들이 적재

적소에서 힘을 합쳐 성심껏 노력하면 극복하지 못할 장애물은 없다. 반대로 별다른 난관이 없는 시대라도 위정자들이 무능력하고 미래를 내다보는 안목이 없으면 나라는 기울어진다. 먼 역사에서 찾을 것도 없이 십수 년 사이에 우리가 뼈저리게 경험했던 사실이다.

IMF 때는 금 모으기 운동 등 온 국민이 동참하여 위기를 극복하였다. 위정자들의 정책에 국민들이 호응했기에 가능한 일이다. 지금 정부에서 다시 그런 운동을 벌인들 얼마나 성공할지 의문이다. 그 차이가 무엇인지 생각해 볼 문제다.

어구풀이

革弊(혁폐) : 폐단을 혁파함
興利(흥리) : 이익을 일으킴. 이익만을 추구함
售(수) : 수단으로 마구 부림

큰 지혜는 어리석은 듯하니

선량(選良)의 기준

지향하는 바가 스스로 바른 사람은 비록 재능이 적더라도 때에 따라 쓰일 수가 있으나, 지향하는 바가 바르지 못하면 비록 재능이 많더라도 세상의 혼란을 조장하는 데나 적당할 뿐이다. 무릇 선거를 통해 재능이 있는 사람을 구하는 것은 그가 사람을 다스릴 수 있기 때문이다. 비록 재능이 많지 않더라도 정직을 근본으로 삼는 사람은 그의 재능이 때에 따라 능히 다스리는 일을 할 수 있지만, 비록 재주가 넉넉하다 하더라도 그 지향하는 바가 사악하고 거짓됨을 벗어나지 못하면 사람을 다스리는 것은 고사하고 도리어 세상의 혼란만 불러온다. 그러므로 사람을 고르는 자들은 먼저 그가 지향하는 바가 사악한가 바른가를 볼 것이요, 재능만을 취해서는 안 된다.

趨向自正者, 才藝雖鮮, 有時可用, 趨向旣不正, 才藝雖多,
추향자정자, 재예수선, 유시가용, 추향기부정, 재예수다,

適足以助爲亂. 凡選擧之求材藝者, 爲其可以理人也. 材藝
적족이조위란. 범선거지구재예자, 위기가이이인야. 재예

雖未多, 以正直爲本者, 以其材有時能理也, 材藝雖有餘,
수미다, 이정직위본자, 이기재유시능리야, 재예수유여,

其所趨向, 未免邪僞, 則理人姑捨, 反致紊亂. 故擇人者,
기소추향, 미면사위, 즉이인고사, 반치문란. 고택인자,

先觀趨向之邪正, 不可只取其材藝也.
선관추향지사정, 불가지취기재예야.

_ 최한기(崔漢綺)의 《추측록(推測錄)》 중에서

옛날의 선거란 과거 시험이나 추천을 통하여 인물을 등용하는 것을 의미했다. 요즘은 투표 제도를 이용하는 것만 다를 뿐 그 의의는 마찬가지다.

선거란 어떤 집단을 대표해서 공공의 복리(福利)를 위해 일할 사람을 뽑는 것이므로 기본적으로 능력을 갖추어야 할 것은 당연하다. 그러나 능력이 아무리 뛰어나도 부정, 부패, 불법에 물든 사람이라

큰 지혜는 어리석은 듯하니

면 그 능력이 국가와 사회를 위하는 데보다는 사리사욕을 채우는 데 발휘되기가 쉽다.

예나 지금이나 세상을 떠들썩하게 물의를 일으킨 사람치고 개인 능력이 뛰어나지 않은 사람은 거의 없었다. 공직자에게 높은 도덕성이 요구되는 이유이다. 선거철이면 유권자들은 후보의 외형적인 경력이나 지명도만 볼 것이 아니라 그가 얼마나 깨끗한 사람인가도 보아야 할 것이다.

어구풀이

....

趨向(추향) : 뜻을 두고 향하여 나아감
邪僞(사위) : 사악하고 거짓됨
姑捨(고사) : 우선 그만 두고

직분
지키기

모든 사물에는 각각 직분이 있다. 소의 직분은 밭갈이를 맡는 것이고 말의 직분은 수레 끌기를 맡는 것이며, 닭은 새벽 알리는 일을 맡았고 개는 밤을 지키는 일을 맡았다. 그 직분을 잘 수행하면 '직분을 지킨다'고 하고, 그 직분을 잘 수행하지 못하면서 다른 직분을 대신하려고 하면 '직분을 넘어선다'고 한다. 직분을 넘어서면 이치를 어기게 되고 이치를 어기면 화를 받게 된다. 이제 한 가지 사물로써 비유를 하자면 닭이 새벽을 알리지 않고 한밤중에 울어댄다면 사람들이 모두 놀라고 괴이하게 여겨 잡아 죽일 것이니, 직분을 넘어섬으로써 화를 당하는 것이 아니겠는가!

큰 지혜는 어리석은 듯하니

凡物各有職. 牛之職, 職耕稼, 馬之職, 職服乘, 鷄職晨, 犬
범물각유직. 우지직, 직경가. 마지직, 직복승. 계직신. 견

職夜. 能職其職, 謂之守職, 不職其職, 而代他職, 謂之越
직야. 능직기직. 위지수직. 불직기직. 이대타직. 위지월

職. 越職則悖理, 悖理則受禍. 今以一物譬之, 鷄不晨而夜,
직. 월직즉패리. 패리즉수화. 금이일물비지. 계불신이야.

則人皆驚怪之, 磔禳之, 得非禍於越職乎?
즉인개경괴지. 책양지. 득비화어월직호?

_서거정(徐居正)의《사가집(四佳集)》중〈수직(守職)〉에서

이 글에서 문제 삼는 것은 두 가지이다. 첫째는 자신의 직분을 다
해내지 못하는 것이다. 이것은 무능 아니면 태만이다. 둘째는 자신
의 직분이 아닌데 월권행위를 하는 것이다. 이것은 교만이다. '과유
불급(過猶不及)'이라고, 무능·태만도 문제지만 능력 좀 있다고 교만
부리는 것도 못 봐줄 일이다.

국회의원이나 지방자치 선거를 앞두면 정작 국민들은 무관심·
냉소인데 당사자들만 치열하게 과열되는 모습을 보게 되곤 한다. 선
거 과정에서는 다들 자신만이 유능하고 가장 이상적인 행정을 펼칠
것이라고 떠벌이던 사람들이, 뽑힌 후에는 무능·태만·월권을 저
지르는 것을 우리는 수없이 보아 왔다. 부디 앞으로 지역의 일꾼으

로 뽑히는 사람들은 자기 직분에 충실하기를 바랄 뿐이다.

服乘(복승) : 수레. 수레를 끄는 일
磔禳(책양) : 잡아 죽여 푸닥거리하는 제물로 씀

큰 지혜는 어리석은 듯하니

재물에
눈이 멀면

사람이 재물의 이익에 급급해하는 것은 목숨을 잘 보전하려고 하는
데 불과하다. 그런데 못난 사람은 도리어 목숨을 가볍게 여기니 또
한 어리석지 않은가. 내가 삼포(三浦)에 살고 있을 때, 어떤 사람이
허리에 돈 열 꾸러미를 차고서 막 녹으려고 하는 얼음을 건너가다가
아직 반도 건너지 않았을 때 결국 물에 빠져서 몸이 절반만 얼음에
걸렸다. 강가에 있던 사람이 다급하게 외치기를, "당신 허리에 찬 돈
을 풀어 버리면 살 수 있소!"라고 하였다. 그런데도 그 사람은 머리
를 흔들며 듣지 않고 두 손으로 돈을 꼭 붙잡고서 오직 잃어버릴까
걱정하다가 그대로 빠지고 말았다.

人之汲汲於財利者, 不過欲保全其性命也. 庸下之人, 反以
인지급급어재리자, 불과욕보전기성명야. 용하지인, 반이

性命爲輕, 不亦愚哉. 余家三浦時, 有人腰纏錢十緡, 渡將
성명위경, 불역우재. 여가삼포시, 유인요전전십민, 도장

解之氷, 未至其半, 遂陷, 掛胃半身. 江畔人急呼曰, "脫
해지빙, 미지기반, 수함, 괘견반신. 강반인급호왈, "탈

爾腰下錢, 則可活矣!" 掉頭不聽, 但兩手拊錢, 惟恐失之,
이요하전, 즉가활의!" 도두불청, 단양수부전, 유공실지,

仍溺焉.
잉닉언.

_ 이덕무(李德懋)의 《이목구심서(耳目口心書)》 중에서

    사람들이 끊임없이 부귀를 탐하는 것은 다 '잘 먹고 잘 살자고'
하는 일이다. 그런데 그 부귀를 추구하는 것이 정당하지 않고 탐욕
스러울 때는 언젠가 화를 당하게 되고, 심지어 목숨까지 잃게 되는
일이 부지기수다.

    자신이 고용한 사람을 비인간적으로 착취하거나 지위를 빌미로
뇌물을 상납 받는 등 오늘날 우리 사회에 드러나는 온갖 추문들이
알고 보면 물에 빠져 죽는 지름길인 줄을 알지 못하고, 아까워서 허
리에 찬 돈을 풀어 버리지 못하는 꼴이 아니겠는가. 잘 먹고 잘 살려

큰 지혜는 어리석은 듯하니

다 오히려 패가망신하는 결과를 가져오니 이보다 더 본말이 전도된 경우를 찾기 힘들다.

비리가 들통 나기 전에는 온갖 위세를 누렸겠지만, 하루아침에 추문의 주인공이 되어 세상의 손가락질을 받게 되니 얼마나 어리석고 위험한 일인가. 운이 좋아 탈이 나지 않고 무사한 사람도 있지만, 그런 사람들은 결국 자손 대에 이르러서 화를 당한다는 것이 《주역(周易)》에 나오는 논리다.

어구풀이

汲汲(급급) : 한 가지 일에 정신이 팔려 여유가 없음
性命(성명) : 목숨
庸下(용하) : 용렬하여 수준이 낮음
纏(전) : 두름
緡(민) : 돈꿰미
掛罥(괘견) : 걸림

참다운 스승,
참다운 제자

오성(鰲城)이 정승의 자리에 있을 때 웬만큼 높은 관리가 찾아와도 모두 앉아서 절을 받았다. 하루는 신(申) 훈도라는 사람이 문 앞에 와 있다고 알리기에 공(公)은 맨발로 뛰어나가서 맞이하여 당 위에 오르게 하고, 고개를 숙이면서 그가 하는 말을 들었으며 대답하는 것도 매우 공손하였다. 집안사람이 이상하게 여겨 물어보니 그는 공이 아이 때 학업을 배웠던 사람이었다. 다음 날 아침, 공은 그가 묵고 있는 집에 찾아가 작별 인사를 하며 베 십여 단과 쌀 여러 섬을 여행 비용으로 쓰라고 주었다. 그러나 그 사람은 "여행 보따리에 필요한 것은 몇 말의 쌀이면 충분하네" 하고 그 나머지는 받지 않았다.

鰲城居相位, 有達官來謁, 皆坐而受拜. 一日, 有報申訓導
오성거상위, 유달관래알, 개좌이수배. 일일, 유보신훈도

在門, 公徒跣而出, 迎入升堂, 俛受所言, 應對甚恭. 家人
재문, 공도선이출, 영입승당, 부수소언, 응대심공. 가인

怪問之, 是公兒時所受業者也. 翌日, 公往謝所館, 將綿布
괴문지, 시공아시소수업자야. 익일, 공왕사소관, 장면포

十餘端, 大米數碩, 以供旅次之用. 其人曰, "行橐所需, 數
십여단, 대미수석, 이공여차지용. 기인왈, "행탁소수, 수

斗米足矣." 其餘謝不受.
두미족의." 기여사불수.

_ 이준(李埈)의 〈이문록(異聞錄)〉 중에서

정승은 정1품 최고 관직이고 훈도(訓導)는 지방 향교의 정9품 말
단 관직이다. 웬만한 고관들 앞에서도 위엄을 뽐내던 정승이 어렸을
때 자신의 스승이었다는 것 때문에 말단 훈도에게 맨발로 달려 나가
맞이하는 모습은 그 얼마나 감동적인가. 정승까지 오른 자랑스러운
제자가 주는 선물을 필요한 만큼만 받고 되돌려 주는 스승은 또 얼
마나 존경스러운가.

요즘 흔히들 선생과 학생은 있어도 스승과 제자는 없다고 한다.
학생들은 혼탁한 세상에 쉽게 물들어 이해타산적이고, 선생들은 교

직을 생계를 위한 수단으로만 여겨서 본분을 지키지 않기 때문이다. 참다운 스승과 제자의 관계만 되살릴 수 있다면 이 사회의 수많은 비리, 모순의 태반은 저절로 사라질 것이다.

어구풀이

鰲城(오성) : 이항복(李恒福)이 오성부원군(鰲城府院君)에 봉해졌으므로 그의 별칭으로 쓰임
達官(달관) : 높은 벼슬아치
徒跣(도선) : 맨발
旅次(여차) : 여행 중의 숙소. 여행 생활
行橐(행탁) : 여행 보따리

큰 지혜는 어리석은 듯하니

효는 가볍고
충은 무거우니

송상현의 자는 덕구이다. 임진년에 동래부사가 되었는데 이때 왜적이 성 밑에 육박하여 힘으로 능히 지탱할 수 없었다. 그래서 그는 가지고 있던 부채에 글 몇 자를 써서 하인을 시켜 부친에게 전하게 하였는데, 그 글에서 이렇게 말하였다. "달무리 진 외로운 성에서 왜적을 막을 대책이 없습니다. 이때를 당하여 부자간의 은혜는 가볍고 군신의 의리가 더 무겁습니다."

이윽고 성이 함락되자 그는 의관을 정제하고 북쪽을 바라보며 두 번 절한 다음 의자에 앉아 죽음을 맞이하였다. 그가 죽자 그의 첩도 역시 절개를 지켜 죽었다.

宋象賢, 字德久. 壬辰爲東萊府使, 賊迫城下, 力不能支.
송상현, 자덕구. 임진위동래부사, 적박성하, 역불능지.

書數字於所把扇, 使從者, 傳於其父曰, "月暈孤城, 禦賊
서수자어소파선, 사종자, 전어기부왈, "월훈고성, 어적

無策, 當此之時, 父子恩輕, 君臣義重." 城陷, 整朝衣冠,
무책, 당차지시, 부자은경, 군신의중." 성함, 정조의관,

北望再拜, 坐椅而死. 其妾亦死節.
북망재배, 좌의이사. 기첩역사절.

_ 박재형(朴在馨)의《해동속소학(海東續小學)》중에서

　　무엇보다도 효(孝)의 가치를 귀중하게 여긴 유교 이념이 지배하
던 조선시대지만, 국가가 위난에 처했을 때는 당연히 충(忠)을 우선
시했다. 송상현은 그것을 몸소 체현하고 의연하게 죽음을 맞이하였
다. 또한 그를 따르던 첩까지도 뜻을 같이한 것에 더욱 숙연해진다.
이때 적장도 그들의 의로움에 감동하여 함께 묻어 주고 제사까지 지
내 준 것은 유명한 일화이다.

　　나라가 위기에 처했을 때마다 이런 수많은 순국선열들이 있었
다. 수난의 역사 이면을 오히려 찬란하게 빛내고 있는 이들의 숭고
한 정신을 이어받고 보답하는 것은 남아 있는 우리 후손들의 몫이
다. 그런데도 요즘에 잘 먹고 잘사는 상류층일수록 우리나라를 하찮

게 생각하고, 온갖 편법 · 탈법으로 군 면제를 받으려고 혈안이 되어 있는 것은 참으로 부끄러운 일이 아닐 수 없다.

어구풀이

　月暈(월훈) : 달무리가 짐. 바람이 불 조짐이라고 하여, 변란을 상징하기도 함
　朝衣冠(조의관) : 관리의 의관

타고난
저마다의 소질

송준길이 아뢰었다. "사람들은 각각 결점도 있고 장점도 있으니, 오직 윗자리에 있는 사람이 그 장점을 헤아려서 등용해야 합니다. 이지함(李之菡)은 바로 이이(李珥)와 한 시대 사람입니다. 그 사람은 매우 기이한 절조가 있었는데, 일찍이 상소를 올려 인재에 대해 논하기를 '해동청은 천하의 훌륭한 매이지만 그에게 새벽을 알리는 일을 맡기면 의당 늙은 닭만도 못합니다. 한혈구는 천하의 훌륭한 말이지만 그에게 쥐를 잡게 하면 의당 늙은 고양이만도 못합니다'라고 하니 당시에 모두 명언으로 여겼습니다."

큰 지혜는 어리석은 듯하니

㈜浚吉曰, "人各有病痛, 亦各有長處, 唯在上之人, 量長
⒮준길왈, "인각유병통, 역각유장처, 유재상지인, 양장

而用之可也. 李之菡乃李珥一時人也. 其人殊有奇節, 嘗
이용지가야. 이지함내이이일시인야. 기인수유기절, 상

疏論人才曰, '海東靑天下之良鷹也, 使之司晨則會老鷄
소논인재왈, '해동청천하지양응야, 사지사신즉회노계

之不若也. 汗血駒, 天下之良馬也, 使之捕鼠則會老猫之
지불약야. 한혈구, 천하지양마야, 사지포서즉회노묘지

不若也.' 一時以爲名言."
불약야.' 일시이위명언."

_《연설강의통편(筵說講義通編)》 중에서

불세출의 미국 농구 스타 마이클 조던이 야구 선수가 되겠다고
나섰다가 마이너리그에서도 힘을 쓰지 못하고 물러난 적이 있다. 사
람은 각각 타고난 소질이 있게 마련이다. 교육이란 그런 소질을 계
발시켜 주는 것이 주 임무이다. 옛날에 귀에 못이 박히도록 들었던
국민교육헌장에 '타고난 저마다의 소질을 계발하고……'라는 구절
이 있었다. 말인즉슨 좋은 말이나 실제로 교육 현장에서는 어떤가.
획일화된 입시 위주의 교육 때문에 그야말로 '타고난 저마다의 소질
을 무시하고……'가 되고 있다.

교육 정책이라는 것이 진정 교육의 본질을 위한 것인지, 정책 당국자들의 장악력을 높이기 위한 것인지 의문이 들 때가 많다. 객관식 수능 시험으로 학생들을 한 줄로 세워서 우열을 판가름하는 제도로는 결코 개인의 특성을 살리지 못한다. 대학들이 특성에 맞게 다양한 방법으로 학생을 선발하면 '타고난 저마다의 소질'을 계발하는 분위기가 저절로 조성되지 않겠는가.

어구풀이

海東青(해동청) : 매의 별칭
司晨(사신) : 새벽에 우는 일을 맡김
會(회) : 의당
汗血駒(한혈구) : 흘리는 땀이 핏빛이라는 천리마의 별칭

큰 지혜는 어리석은 듯하니

교만과 고집의
경계

공자는 "만약 교만하거나 옹고집을 부린다면 비록 주공(周公)과 같
은 뛰어난 재능이 있더라도 족히 볼 것이 없다"고 하였다. 교만이란
잘났다고 뽐내면서 남은 자기만 못하다고 생각하는 것이고, 옹고집
이란 잘못을 끝까지 밀고 나가면서 자기의 사사로운 생각을 버리지
못하는 것이다. 이 두 가지는 실로 덕을 무너뜨리고 자기를 망치고
악을 키우고 인(仁)을 손상시키는 큰 단서이다. 그래서 성인이 깊이
미워한 것이다.

그런데 지금은 그런 가르침대로 하지 못해서, 군자라고 하면서
도 남 이기기 좋아하고, 교만하게 잘난 체하고, 걸핏하면 원망하고,

쓸데없는 욕심을 부리지 않는 자가 이미 드물다.

> 孔子曰, "使驕且吝, 雖有周公之才之美, 不足觀也." 驕者
> 공자왈, "사교차린, 수유주공지재지미, 부족관야." 교자
>
> 矜善, 謂人莫己若, 吝者遂非, 不能舍己之私. 斯二者, 實
> 긍선, 위인막기약, 인자수비, 불능사기지사. 사이자, 실
>
> 敗德 · 喪己 · 長惡 · 損仁之大端也. 故聖人深惡之. 乃今不
> 패덕 · 상기 · 장악 · 손인지대단야. 고성인심오지. 내금불
>
> 然, 君子而無克伐怨欲者既希.
> 연, 군자이무극벌원욕자기희.

_ 윤휴(尹鑴)의 《백호전서(白湖全書)》 중에서

주공은 공자가 가장 존경했던 사람이다. 그런 주공과 같은 사람이라도 교만하거나 옹고집을 부린다면 더 이상 볼 것이 없다고 단언했다. 교만함에는 여러 가지 종류가 있겠지만, 그중에 가장 완고하여 뿌리 뽑기 어려운 게 종교적 교만이다.

현재 지구상에서 가장 분쟁이 심한 곳이 중동 지역이고 우리나라도 파병과 기타 여러 문제로 직간접적으로 그 분쟁에 휘말려 있다. 여기에는 석유를 둘러싼 경제 문제, 미국 무기상들의 이해관계 등이 복합적으로 얽혀 있지만 그 한쪽에는 종교적 교만함의 대결이

큰 지혜는 어리석은 듯하니

자리하고 있다는 것을 많은 사람들이 지적하고 있다.

　우리가 아는 한 어느 종교의 경이건 모두 겸손을 중요한 덕목으로 가르치고 있다. 그런데도 상당수의 종교인들은 타종교에 대해 절대적 배타심으로 무장하고 있으면서, 그것이 교만의 일종이란 걸 깨닫지 못하고 있다. 종교의 참된 가르침을 모르고 옹고집만 부려서는 안 될 일이다.

어구풀이

　吝(린) : 인색함. 또는 옹고집
　周公(주공) : 주(周)나라의 예악(禮樂)과 문물제도를 제정한 성인(聖人)
　遂非(수비) : 잘못을 끝까지 밀고 나감
　克伐怨慾(극벌원욕) : 《논어》에 나오는 말로, 남 이기기 좋아함과 공로를 자랑함과 원망함과 탐욕스러움.

풍수지리설의
오해

지리풍수설(地理風水說)은 막연하고 허황된 것이므로 족히 믿을 것이 못 된다. 그런데도 그 설에 구애되어 때를 넘기면서도 어버이의 장례를 지내지 않는 자가 있고, 먼 선조의 묘를 파서 이장하는 자도 있으니, 전혀 말할 만한 가치가 없다. 세종 때의 재상 어효첨(魚孝瞻)이 상소하여 극력히 풍수설의 그릇됨을 진술하였는데 명백하고 올발랐다. 그는 부모님을 집안 뜰 옆에 장사지냈으며, 그 아들인 정승 어세겸(魚世謙)도 그 부모님을 장사지내는 데 땅을 가리지 않았다. 그 집안의 법도가 이와 같으니 참으로 탄복할 만하다.

큰 지혜는 어리석은 듯하니

地理風水之説, 杳然虛誕, 不足取信, 而或有拘於其説, 過
지리풍수지설, 묘연허탄, 부족취신, 이혹유구어기설, 과

時不葬其親者, 或有久遠祖先之墓, 掘而遷葬者, 極爲無
시불장기친자, 혹유구원조선지묘, 굴이천장자, 극위무

謂. 世宗朝, 宰相魚孝瞻, 上疏極陳風水之非, 明白正大.
위. 세종조, 재상어효첨, 상소극진풍수지비, 명백정대.

葬其父母於家園之側, 其子政丞世謙, 葬其父母亦不擇地.
장기부모어가원지측, 기자정승세겸, 장기부모역불택지.

其家法如此, 誠可歎服也.
기가법여차, 성가탄복야.

_ 심수경(沈守慶)의 《견한잡록(遣閑雜錄)》 중에서

　　탄핵 정국으로 대통령 선거가 갑자기 앞당겨질 가능성이 높아졌
다. 대선이 가까워지면 으레 대선 주자들과 명당(明堂)을 결부시키
는 호사가들의 입방아도 바빠진다. 예전에도 누구는 명당을 찾아 어
디로 이사했다느니 누구의 조상 묘가 왕기(王氣)가 서린 명당이라느
니 하는 이야기가 무수히 떠돌았다. 그러나 과거의 대선 주자들치고
명당으로 조상 묘를 이장하지 않은 사람들이 거의 드물지만 실패한
사람이 부지기수다.
　　어떤 이들은 풍수설을 과학이고 인문지리라고 한다. 그러나 《주

역》에 누구보다도 정통한 다산 정약용 선생은 이렇게 말했다.

"말라비틀어진 무덤 속의 뼈가 아무리 산하의 좋은 형세를 차지하고 있다 하더라도 어떻게 자기의 후손을 잘되게 할 수 있겠는가."

어구풀이

遷葬(천장) : 무덤을 다른 곳으로 옮김
極陳(극진) : 힘을 다해 아룀

큰 지혜는 어리석은 듯하니

제주의 어머니
만덕

성상(정조) 19년 을묘년에 제주에 큰 흉년이 들어 백성들이 수없이 죽었다. 임금이 배로 곡식을 날라 먹이게 하였으나, 큰 바다가 8백 리나 되어 돛배로는 베틀의 북처럼 자주 왕래해도 제때에 맞추지 못하였다. 이에 만덕이 천금을 털어서 쌀을 사들이니 육지의 여러 고을에서 배꾼들이 때에 맞춰 이르렀다.

만덕은 10분의 1만 취하여 친족들을 살리고 나머지는 모두 관청에 실어 보냈다. 굶주려 누렇게 뜬 자들이 그 소식을 듣고 관청의 뜰에 구름처럼 모여드니, 관청에서는 완급을 가려 차등지게 나누어 주었다. 남녀 백성들이 거리에 나와 만덕의 은혜를 칭송하며 모두들

"우리를 살린 사람은 만덕이다"라고 하였다.

聖上十九年乙卯, 耽羅大饑, 民相枕死. 上命船粟往哺, 鯨
성상십구년을묘, 탐라대기, 민상침사, 상명선속왕포, 경

海八百里, 風檣來往如梭, 猶有未及時者. 於是萬德捐千金
해팔백리, 풍장래왕여사, 유유미급시자, 어시만덕연천금

貿米, 陸地諸郡縣棹夫以時至. 萬德取十之一, 以活親族,
무미, 육지제군현도부이시지, 만덕취십지일, 이활친족,

其餘盡輸之官. 浮黃者聞之, 集官庭如雲, 官劑其緩急, 分
기여진수지관, 부황자문지, 집관정여운, 관제기완급, 분

與之有差. 男若女出而頌萬德之恩, 咸以爲活我者萬德.
여지유차, 남약녀출이송만덕지은, 함이위활아자만덕.

_ 채제공(蔡濟恭)의 〈만덕전(萬德傳)〉 중에서

만덕은 기아에 빠진 제주도민들을 구제해 준 것도 훌륭하지만, 집안이 몰락해 기녀로 전락했던 자신의 처지에 좌절하지 않고 다시 양인의 신분을 회복하였으며 뛰어난 수완으로 재산을 모아 청부(清富)를 이룬 진취적인 인물이었다.

5만 원 권 새 화폐를 만들 때 도안 인물의 후보에 올라서 한때 세간의 주목을 받았으나, 그의 업적에 비해 많이 알려진 편은 아니다.

최종 후보에서 밀려난 것도 지명도가 떨어진 것이 하나의 원인이 되었을 것이다. 그러나 그가 수많은 생명을 구제한 공로는 누구에게도 뒤지지 않는다.

지금도 우리 주변에는 천재지변이나 사고, 혹은 생활고로 많은 사람들이 고통 받고 있다. 만덕의 뒤를 잇는 의인들이 많이 나올 것을 기대한다.

어구풀이

枕死(침사) : 서로 시체를 깔고 죽음

鯨海(경해) : 큰 바다

風檣(풍장) : 돛배

梭(사) : 베틀의 북. 자주 왕복하는 물건의 비유

棹夫(도부) : 뱃사공

浮黃(부황) : 굶어서 누렇게 뜬 병

기생 산홍이도 아는
국치(國恥)

진주 기생 산홍이는 미모와 재능이 모두 뛰어났는데, 이지용이 천금을 주고 불러다 첩으로 삼으려고 하였다. 산홍은 이를 거절하면서, "세상에서 대감을 을사오적의 괴수라고 합니다. 저는 비록 천한 기생이지만 얽매인 데 없는 사람인데 왜 역적의 첩이 되겠습니까"라고 하니 이지용이 몹시 화가 나서 매질을 하였다.

어떤 사람이 이것을 풍자하는 시를 지어 주었다. "온 세상이 매국노를 다투어 추종하여, 비굴하게 아첨하며 날마다 와자한데, 그대집의 금과 옥이 지붕보다 높다지만, 산홍이의 한 점 봄을 사기는 어렵도다."

큰 지혜는 어리석은 듯하니

晉州妓山紅, 色藝俱絕, 李址鎔, 以千金致之, 欲遂爲妾.
진주기산홍, 색예구절, 이지용, 이천금치지, 욕수위첩.

山紅辭曰, "世以大監爲五賊之魁. 妾雖賤娼, 自在人也,
산홍사왈, "세이대감위오적지괴. 첩수천창, 자재인야,

何故爲逆賊之妾乎." 址鎔大怒, 撲之. 客有贈詩者曰, "擧
하고위역적지첩호." 지용대로, 박지. 객유증시자왈, "거

世爭趨賣國人, 奴顔婢膝日紛紛, 君家金玉高於屋, 難買
세쟁추매국인, 노안비슬일분분, 군가금옥고어옥, 난매

山紅一點春."
산홍일점춘."

우리는 '매국노' 하면 을사오적 중 거의 이완용만 떠올린다. 그러나 이지용도 그에 못지않은 인간이며, 나라 팔아서 일본한테 받아먹은 돈을 노름으로 탕진한 무뢰한이다.

어쨌든 돈과 권력이 있었으므로 많은 사람들이 아첨하느라 난리였지만 산홍이는 기생 신분이면서도 그에게 통쾌하게 수모를 가하였다.

저명한 대학의 교수라는 자가 일제의 강점을 '축복'이라고 망발하지 않나, 누군가는 그의 말을 열렬히 옹호하지 않나, '사회지도층'

이라는 자들이 자주 말썽이다. 국가관이나 역사의식이 일개 기생만 도 못하니 한심할 따름이다.

어구풀이

色藝(색예) : 미모와 재능
奴顏(노안) : 종처럼 비굴한 표정
婢膝(비슬) : 여종처럼 무릎걸음 하는 태도

큰 지혜는 어리석은 듯하니

대마도도
우리 땅

대마(對馬)라는 섬은 경상도 계림(鷄林)에 예속되어 본래 우리나라 지역이다. 문헌에 실려 있으니 분명하게 상고할 수 있다. 다만 그 땅이 몹시 작고 또 바다 가운데에 있어서 왕래에 장애가 되므로 백성들이 살지 않았다. 이에 자기 나라에서 쫓겨나서 돌아갈 곳이 없는 왜놈들이 모두 여기에 모여들어서 소굴을 만들었다. 그리고 간혹 때를 틈타서 몰래 도발해 와 백성들을 협박하고 약탈을 일삼고, 돈과 곡식을 빼앗고 마음대로 사람을 죽이며, 남의 처자를 고아와 과부로 만들고 남의 가옥을 불태워 없애는 등 극도로 흉악한 짓을 한 지 여러 해가 되었다.

對馬爲島, 隷於慶尙道之鷄林, 本是我國之境. 載在文籍,
대마위도. 예어경상도지계림. 본시아국지경. 재재문적,

昭然可考. 第以其地甚小, 又在海中, 阻於往來, 民不居
소연가고. 제이기지심소. 우재해중. 조어왕래. 민불거

焉. 於是倭奴之黜於其國而無所歸者, 咸來投集, 以爲窟
언. 어시왜노지출어기국이무소귀자. 함래투집. 이위굴

穴. 或乘時竊發, 劫掠平民, 攘奪錢穀, 因肆賊殺, 孤寡人
혈. 혹승시절발. 겁략평민. 양탈전곡. 인사적살. 고과인

妻子, 焚蕩人室廬, 窮凶極惡, 積有年紀.
처자. 분탕인실려. 궁흉극악. 적유년기.

_ 변계량(卞季良)의 〈유대마주서(諭對馬主書)〉 중에서

이 글은 세종대왕 시대에 대마도를 정벌할 때 대마도 주민에게
유시하는 글을 당시의 문장가였던 변계량이 지은 것이다. 이를 보면
대마도가 원래는 우리의 땅이었음이 분명하다. 이 글 말고도 대마도
가 우리 땅이었다는 기록은 독도가 일본 땅이라고 하는 기록보다는
많이 찾아볼 수 있다.

물론 우리 문헌상에 대마도를 일본 땅으로 인식한 기록이 훨씬
많이 보이기는 한다. 그러나 그것은 본도(本島)에서 쫓겨난 왜인들
이 거기에 살게 되면서 이른바 '실효적 지배'를 하게 된 것을 인정해

준 것이다.

일본이 뭘 믿고 그러는지 해가 갈수록 독도를 놓고 더욱 설치고 있다. 독도는 문헌상으로도 우리 땅이고 실효적 지배도 우리가 하고 있다. 독도의 실효적 지배를 인정하지 않고 '자기네 땅이라고 우기면' 우리도 이런 문헌 기록을 근거로 해서 그들의 대마도에 대한 실효적 지배를 인정하지 않고 내놓으라고 요구하면 어떨까.

어구풀이

鷄林(계림) : 경주, 특히 신라를 가리킴

第(제) : 다만

窟穴(굴혈) : 소굴

劫掠(겁략) : 위협하고 약탈함

攘奪(양탈) : 훔치고 빼앗음

焚蕩(분탕) : 불태워 없애 버림

세계기록유산
《동의보감》

이 책은 고금을 다 포괄하고 여러 가지 설들은 절충하여서 근본 원인을 잘 궁구하고 요긴한 강령을 제시하여 상세하나 산만함에 이르지 않고 간략하나 포함하지 않은 것이 없다. 내경(內經, 내과)·외형(外形, 외과)으로부터 시작해서 분류하여 잡병의 여러 처방에 이르기까지 다 갖추지 않음이 없고 조리 정연하여 혼란스럽지 않다. 병든 사람이 비록 수천 수백 가지 증후가 있더라도 허한 기운을 보충하고 넘치는 기운을 덜어내어 주며 느리게 또는 급하게 조절하는 것이 두루 응하여 모두 이치에 맞는다. 멀리 옛 서적을 상고하거나 가까이 주변의 다른 방법을 수소문할 필요도 없이 오직 증세의 유형에 따라 처방을 찾으면 줄줄이 곳곳에서 해법이 나와 증상에 따라 약을 투여하는 것이 신표를 합친 것처럼 딱 들어맞으니, 참으로 의원들의 보배 같은 거울이요, 세상을 구제하는 훌륭한 법이다.

是書也該括古今, 折衷群言, 探本窮源, 挈綱提要, 詳而不
시서야해괄고금, 절충군언, 탐본궁원, 설강제요, 상이부

至於蔓, 約而無所不包. 始自內景外形, 分爲雜病諸方, 靡
지어만, 약이무소불포. 시자내경외형, 분위잡병제방, 미

不畢具, 井井不紊. 卽病者雖千百其候, 而補瀉緩急, 泛應
불필구, 정정불문. 즉병자수천백기후, 이보사완급, 범응

曲當. 蓋不必遠稽古籍, 近搜旁門, 惟當按類尋方, 層見疊
곡당. 개불필원계고적, 근수방문, 유당안류심방, 층현첩

出, 對證投劑, 如符左契, 信醫家之寶鑑, 濟世之良法也.
출, 대증투제, 여부좌계, 신의가지보감, 제세지양법야.

_ 이정귀(李廷龜)의 〈동의보감서(東醫寶鑑序)〉 중에서

우리나라 사람이라면 《동의보감》의 귀중함을 삼척동자도 잘 알고 있다. 그 불멸의 의학사적 가치가 우리에게는 새삼스러울 것도 없는데, 2009년 유네스코 세계기록유산에 선정됨으로써 세계적으로도 인정받게 되었다. 이미 조선시대에 중국과 일본에서도 그 가치

를 인정하여 여러 차례 간행할 정도였으니 사실은 오래전부터 세계적인 인정을 받고 있었던 셈이다.

이 글은 당시 임금이던 광해군의 명으로 당대 최고의 문장가였던 이정귀가 서문을 쓰면서 《동의보감》의 가치를 언급한 내용이다. 더할 나위 없는 찬사를 바치고 있는데 그 내용이 전혀 과장이 아니라는 것이 세계기록유산 등재로 다시 한 번 세계적으로 입증되었다.

어구풀이

探本窮源(탐본궁원) : 근본을 탐색하고 원류를 다 밝힘

挈綱提要(설강제요) : 핵심을 들어 보이고 중요한 점을 제시함

井井(정정) : 조리 정연함

補瀉(보사) : 허한 기운을 보충해 주고 넘치는 기운을 덜어내어 줌

緩急(완급) : 지나치게 긴장된 부분을 느슨하게 해 주고 지나치게 이완된 부분을 다잡아 줌

泛應曲當(범응곡당) : 두루 응하여 구석진 곳까지 다 들어맞음

旁門(방문) : 비정통적인 문파나 부류

按類尋方(안류심방) : 증세의 유형에 따라 처방을 찾음

層見疊出(층현첩출) : 책의 여기저기 곳곳에서 나타남

左契(좌계) : 둘로 쪼갠 신표(信標)의 왼쪽 절반. 중국 한(漢)나라 때 태수가 임명되면 신표의 왼쪽 절반을 받아 가지고 가서 군에 도임하면 오른쪽 절반과 맞추어 보아 증거로 삼았다

큰 지혜는 어리석은 듯하니

충정공 홍자번(洪子藩)이 항상 말하기를, "사람의 마음이 솔직하면 비록 아홉 번 통역을 거치더라도 알아들을 수 있지만, 만약 그렇지 못하면 직접 마주 대해 말하더라도 저절로 막히게 된다"고 했다.

　한번은 몽골 사신이 재상의 정무 보는 장소에 이르렀는데, 고흥 (高興) 유청신(柳淸臣)이 (몽골말로) 직접 그 사신과 한마디 하였다. 홍 충정공은 역관을 불러 책망하며, "너는 어디에 있었기에 재상으로 하여금 직접 말하게 하는가" 하니, 고흥은 부끄러워하며 낯을 붉히고 땀을 흘렸다.

　나중에 고흥이 수상(首相)이 되어 외국 사신을 응접할 때 비록 술잔을 나누며 담소하더라도 꼭 역관을 그 사이에 두었다.

洪忠正常曰, "使人心易直, 雖重九譯, 可以相諭, 如其不
홍충정상왈, "사인심이직, 수중구역, 가이상유, 여기불

然, 口言面質, 適足以自窮耳." 嘗有使者, 至合坐所, 柳高
연, 구언면질, 적족이자궁이." 상유사자, 지합좌소, 유고

興淸臣, 與之一言. 忠正喚舌人責曰, "汝安在而使宰相自
홍청신, 여지일언. 충정환설인책왈, "여안재이사재상자

言耶?" 高興流汗. 及高興爲首相, 其與賓客接也, 杯
언야?" 고흥류한. 급고흥위수상, 기여빈객접야, 배

酒談笑, 亦使譯者居其間.
주담소, 역사역자거기간.

_ 이제현(李齊賢)의 《역옹패설(櫟翁稗說)》 중에서

고려가 원나라의 지배를 받고 있던 시대에 몽골말을 잘하는 것
은 출세에 유리하였으며 유청신도 역관 출신으로 최고위에까지 오
른 사람이다. 그러나 홍자번은 공인으로서 국가 외교석상에서 자국
말을 써야 함을 역설하였으며, 이는 오늘날도 외교상의 관례이다.

우리 선조들은 오랜 세월 동안 불가피하게 한자를 사용하고 중
국의 영향력 아래 있었으면서도, 말에 있어서는 중국어의 영향을 거

의 받지 않았다. 지금은 한글 전용 시대임에도 불구하고 영어에 심하게 오염된 우리 언어 현실을 돌아보면 부끄럽기 짝이 없는 일이다. 걸핏하면 조상들의 사대주의를 비판하는데, 그 전에 지금의 사대주의를 더 반성해야 할 것이다.

어구풀이

洪忠正(홍충정) : 고려 후기 명신 홍자번(洪子藩, 1723~1306)
易直(이직) : 솔직함
合坐所(합좌소) : 당상관이 모여서 중요한 일을 의논하는 곳
舌人(설인) : 통역관
柳高興淸臣(유고흥청신) : 고흥부원군(高興府院君) 유청신(柳淸臣)

권선징악의
이치

'착한 일을 한 집안은 자손이 복을 받고 나쁜 일을 한 집안은 자손이 재앙을 받는다'고 하는 것이 어찌 정론이 아니겠느냐만, 우리나라의 일로 보자면 알 수 없는 점이 있다.

우리나라 사림(士林)들이 당한 화(禍) 중에서 무오·기묘·을사의 세 사화(士禍)보다 더 참혹한 것이 없다. 그때 원통함을 품고 죽은 훌륭한 사람들의 후손은 아주 몰락하여 소문조차 없는데 권세와 흉계로 남을 들볶던 사람들은 당시에도 부귀를 누리고 그 자손들도 대부분 여러 대 벼슬을 누리니, 선한 자는 복을 받고 악한 자는 화를 당한다는 이치가 무색하다. 그러니 세상이 서로 악행을 일삼으며 징

계하지 않는 것도 어쩌면 당연하다고 하겠다.

'作善之家必有餘慶, 作不善之家必有餘殃', 豈非一定之
'작선지가필유여경, 작불선지가필유여앙', 기비일정지

論哉, 以我國之事觀之, 有不可知者. 我國士林之禍, 莫慘
론재, 이아국지사관지, 유불가지자. 아국사림지화, 막참

於戊午·己卯·乙巳三黨錮. 其時抱寃賢者之後, 沒沒無聞,
어무오·기묘·을사삼당고. 기시포원현자지후, 몰몰무문,

權凶鍛鍊者, 旣享當時之富貴, 而子孫類多奕世冠冕, 福
권흉단련자, 기향당시지부귀, 이자손류다혁세관면, 복

善禍淫之理微矣. 宜乎世濟其惡, 而莫之懲也.
선화음지리미의. 의호세제기악, 이막지징야.

_ 김시양(金時讓)의 《부계기문(涪溪記聞)》 중에서

서두의 인용문은 《주역》에 나오는 문장으로 《명심보감》에 다
시 실려서 더욱 유명해진 말이다. 이는 우리가 선행을 해야 하는 당
위성을 말해 주는 논리적 근거이다. 그러나 글쓴이는 그 당위성대로
되지 않는 현실을 개탄하고 있다. 마치 오늘날 독립운동가와 친일파
의 후손들이 처한 상황과도 흡사하다.

그러나 후손이 어찌 몇 대까지만 이어지겠는가. 더 길게 내다보

면 반드시 이치대로 돌아갈 때가 있을 것이다. 또 화복(禍福)이란 물질적인 것만은 아니다. 사화를 일으킨 자들의 집안이나 친일파의 후손은 역사적으로 영원히 불명예를 안고 살아가니 이만한 화가 어디 있겠는가.《주역》의 말은 틀리지 않은 것이다.

어구풀이

餘慶(여경) : 자신이 누리지 못하고 남은 복으로, 자손이 받는 복을 말함
黨錮(당고) : 붕당(朋黨)으로 인해 금고(禁錮) 등의 화를 당함
沒沒無聞(몰몰무문) : 남들이 전혀 알아주지 않음
鍛鍊(단련) : 누명을 씌워 죄에 빠뜨림
奕世(혁세) : 대대로
冠冕(관면) : 고관들의 의관. 고관을 지냄
濟惡(제악) : 서로 악행을 조장함

큰 지혜는 어리석은 듯하니

인용문 저자, 원전 설명(인용 본문 페이지 순)

고려 중기 문신, 학자이자 당대를 풍미한 명문장가. 저서로《동국이상국집(東國李相國集)》《백운소설(白雲小說)》등과 서사시 〈동명왕편(東明王篇)〉 등이 있다. 최씨 무인정권에 봉사했다는 이유로 그 평가가 엇갈리기도 한다.

〈사잠〉은 이규보가 지은 '생각에 대한 경계'를 담은 글이다. 잠(箴)이란 한문 문체의하나로, 경계하는 뜻을 서술한 글을 말한다. 보통 4언구로 이루어져 있다.

소설이라는 명칭을 처음 썼으나, 소설이라기보다는 작품 해설 내지 수필에 가까운 시평집(詩評集)이다. 삼국시대 이래 고려시대까지의 여러 시작품에 대해 해설했으며 김부식과 정지상의 이야기도 들어 있다. 이규보가 직접 지은 것이 아니라 조선 중기의한 문인이《동국이상국집》에서 시평, 시화, 시론을 발췌해 편찬한 것이라는 설도 있다.한국 고대소설의 전신을 이룬 패관문학(稗官文學)의 하나이며, 소설의 어원을 연구하는 데 빼놓을 수 없는 자료이다.

조선 후기의 문신.《약산만고》는 오광운의 시문집이다. 다른 문집과 달리 저자 스스로 편집하여 서문까지 써놓은 것을 1924년에 6세손 오병서가 간행했다.

조선 중기의 학자. 10여 세에 이황(李滉)의 문하에 들어가 학문에 열중하여 스승으로

부터 자식처럼 사랑을 받았다. 모든 학문에 뛰어났으나 특히 역학에 밝았다. 저서로 《주역질의(周易質疑)》《사서질의(四書質疑)》《계산기선록(溪山記善錄)》《주자서절요강록(朱子書節要講錄)》《간재집(艮齋集)》등이 있다.

《계산기선록》은 스승 이황의 언행과 문답을 종류별로 모아 엮은 책으로, 스승으로부터 학문·품성·수양에서 일상생활에 이르기까지 직접 지도 받은 내용이 기록되어 있다. 다른 제자들의 기록과 함께《퇴계선생언행록(退溪先生言行錄)》의 자료가 되었다.

p.22 성혼(成渾, 1535년~1598년) 〈기묘봉사(己卯封事)〉

조선 중기의 문신, 성리학자. 이이와 평생지기였으며 이황에게 깊은 영향을 받기도 했다. 이이와 9차례에 걸쳐 사칠이기설(四七理氣說)을 논한 서신을 주고받았으며, 이이와 함께 서인의 학문적 원류를 형성했다. 이황과 이이의 학문을 절충했다는 평가를 받고 있다. 저서로 《우계집(牛溪集)》《주문지결(朱門旨訣)》《위학지방(爲學之方)》등이 있다. 〈기묘봉사〉는 성혼의 시문집인《우계집》권2에 실린 상소다. 1579년 선조에게 올린 것으로, 제왕의 정신적 자세를 강조했다.

p.25, p.122, p.146 서거정(徐居正, 1420~1488)《필원잡기(筆苑雜記)》《사가집(四佳集)》

조선 전기의 문신, 학자로 45년간 여섯 왕(세종~성종)을 섬겼다. 문장과 글씨에 능하여《경국대전(經國大典)》《동국통감(東國通鑑)》《동국여지승람(東國輿地勝覽)》《동문선(東文選)》편찬에 참여했으며, 왕명을 받아《향약집성방(鄕藥集成方)》을 국역했다. 성리학을 비롯, 천문·지리·의약 등에 정통했다. 저서로《동인시화(東人詩話)》《역대연표(歷代年表)》《태평한화골계전(太平閑話滑稽傳)》등이 있다.

《필원잡기》는 서거정이 역사에 누락된 사실과 조야(朝野)의 한담(閑譚)을 소재로 서술한 수필집이다. 역대 왕세가 및 공경사대부의 도덕·언행·문장·정치 중 가장 모범이 될 만한 내용과, 국가의 전고(典故)나 민간의 풍속 중 사회 교육과 관련되는 내용들을 추려 모은 것이다. 조선 초기의 인정·풍물을 파악하는 데 귀중한 자료로 평가받고 있다.《사가집》은 63권 26책으로 이루어진 서거정의 시문집이다.

p.28 김부식(金富軾, 1075~1151) 《삼국사기(三國史記)》 〈강수열전(强首列傳)〉

고려 중기의 유학자, 역사가, 정치가. 이자겸의 난과 묘청의 난을 진압해 공을 세웠다. 관직에서 물러난 후 고려 인종의 명을 받아 《삼국사기》를 편찬했다. 20여 권의 문집은 전해지지 않으나 많은 글들이 《동문수(東文粹)》와 《동문선(東文選)》에 전해져 오는데 우리나라 고문체의 대가로 평가받는다.

《삼국사기》는 김부식이 수축이 되어 편찬한 삼국시대의 정사이다. 본기(本紀) 28권, 지(志) 9권, 표(表) 3권, 열전(列傳) 10권으로 구성되어 있다. 〈강수열전〉의 강수는 통일신라의 유학자, 문장가로 외교 문서 작성에 특히 큰 공로가 있었다.

p.31, p.79, p.155 박재형(朴在馨, 1838~1900) 《해동속소학(海東續小學)》

조선 말기의 학자. 학문이란 '경(敬)' 자에 달렸다고 보고 유학자들이 '경'에 대해 논한 글을 모아 《집경요람(執敬要覽)》이란 책으로 펴냈다. 그 밖의 저서로 《진계문집(進溪文集)》이 있다. 《해동속소학》은 박재형이 아동의 윤리 교육을 위해 지은 책이다. 신라·고려·조선시대 유현들이 남긴 좋은 말과 현인군자·절부·의사들의 선행 등 세상에 모범이 될 만한 것들을 여러 책에서 수집했다.

p.34 강희안(姜希顏, 1417년~1464년) 《양화소록(養花小錄)》

조선 전기의 문신, 서화가. 시와 글씨, 그림에 모두 뛰어나 '삼절(三絶)'이라 불렸다. 청렴·소박하고 물리에 통달했다. 그림으로 〈오두연수도(橋頭烟樹圖)〉 〈산수인물도(山水人物圖)〉 〈고사관수도(高士觀水圖)〉 〈고사도교도(高士渡橋圖)〉 〈강호한거도(江湖閑居圖)〉 등이 있다. 《양화소록》은 강희안이 쓴 원예서로, 예부터 사람들이 완상(玩賞)해온 꽃과 나무 몇 십 종을 들어 그 재배법과 이용법을 설명하였다. 또한 꽃과 나무의 품격과 그 의미, 상징성을 논하고 있다.

p.37 이이(李珥, 1536~1584) 《격몽요결(擊蒙要訣)》

조선 중기의 유학자이자 정치가. 퇴계 이황과 더불어 조선 중기 성리학을 대표하는 인물이다. 이황의 주리론(主理論)과 서경덕의 주기론(主氣論)을 조화시켜 한국 성리학의 이론을 발전시켰다. 정철과 함께 경세제민(經世濟民)의 사회개혁안에 대해 논한 〈동호문답(東湖問答)〉, 당시 사회문제들에 대한 구체적인 대책을 논한 〈만언봉사(萬言封事)〉, 십만양병설 등의 개혁안을 주장한 〈시무육조(時務六條)〉 등을 통해 조선 사회의 제도 개혁을 주장했다. 《격몽요결》은 이이가 학문을 시작하는 이들을 가르치기 위해 편찬한 책으로, 해주에서 학도들을 가르친 경험을 바탕으로 기초교육에 대해 정리한 것이다. 이이가 국왕의 학문을 위해 저술한 《성학집요》, 관학(官學) 교육을 위해 저술한 《학교모범》에 대응하는 책이다.

p.109, p.119, p.140 《석담일기(石潭日記)》

율곡 이이가 조선 명종~선조 연간에 17년간 경연(經筵, 임금이 신하들과 학문을 연구하는 자리)에서 강론한 내용을 적은 책으로 《경연일기》라고도 한다. 율곡의 친필로 되어 있는 이 책에는 당시의 주요 사건과 인물들에 관해 소상히 기록되어 있다.

p.40, p.143 최한기(崔漢綺, 1803~1877) 《추측록(推測錄)》

조선 후기의 실학자, 과학사상가. 일생에 대해서는 거의 알려진 것이 없고, 수많은 책을 저술하였으며 그 가운데 상당수가 지금까지 전해질 뿐이다. 당대의 지리학자 김정호와 친분이 두터웠다. 유교적 전통에서는 극히 드물게 강한 경험주의를 바탕으로 한 학문 세계를 가졌으며, 서양의 과학기술 도입에 적극적이었다.

《추측록》은 최한기가 기(氣)의 작용을 밝히고자 지은 책이다. 기의 본질을 논하여 이 책과 표리관계를 이루는 《신기통》과 합하여 《기측체의(氣測體義)》라고 하였는데, 후에 중국 북경에서 간행되었다.

p.125 《인정(人政)》

최한기가 저술한 인사 행정에 관한 이론서로, 인사 행정의 문제를 정치·사회·경제·교육 등 모든 분야의 원리에 대한 고찰 위에서 논하였으며, 동시에 그 개혁의 구체적인 방안까지도 제시했다.

p.43 이달충(李達衷, 1309~1384) 〈애오잠(愛惡箴)〉

고려 후기의 유학자, 문신으로, 시문에 능했을 뿐 아니라 역사에도 밝아 이제현, 백문보와 함께 《국사(國史)》를 보완하고자 〈기년(紀年)〉〈전(傳)〉〈지(志)〉 등을 정리했다. 신돈에게 주색을 일삼는다고 직언해 파면되기도 했다. 저서로 《제정집(霽亭集)》이 있다.
〈애오잠〉은 이달충이 문답 형식을 빌려 자신에 대한 세인의 평가는 결국 자신에게 달려 있다는 경계의 뜻을 서술한 글이다. 가상의 인물을 등장시켜 대화 형식으로 내용을 전개한 수법과 같은 말을 반복 사용한 표현 기교가 독특하다.

p.46 위백규(魏伯珪, 1727~1798) 〈격물설(格物說)〉

조선 후기의 실학자. 향촌 사회 개선론 등 강한 현실 비판 의식이 저술에 나타나 있어 학문 성격은 경세적 실학의 색채가 짙다. 경세론 외에도 경학·지리·역사·의학 등에 관한 저술이 문집 《존재집(存齋集)》22권 안에 망라되어 있어 학문 폭이 매우 넓고 다양했음을 보여 준다. 저서로 《정현신보(政鉉新譜)》《사서차의(四書箚義)》《환영지(寰瀛誌)》《본초강목(本草綱目)》《고금(古琴)》등이 있다.
〈격물설〉은 《존재집》에 있는 논설로, 천지(天地)부터 인간의 삶 일반, 주체인 나, 각종 동식물에 이르기까지 다양한 주제에 대한 평론과 설명을 덧붙인 글이다.

p.49 정약용(丁若鏞, 1762~1836) 《여유당전서(與猶堂全書)》

조선 후기의 실학자로, 실학사상을 집대성한 학자이자 개혁가로 평가받는다. 청년기에 접한 서학으로 인해 18년간 강진에서 유배 생활을 했다. 유배 기간을 학문에 매진하는 기회로 삼아 많은 문도를 거느리고 강학과 연구, 저술에 전념하여 48권 16책에 달하는 방대한 분량의 《목민심서(牧民心書)》와 《경세유표(經世遺表)》《흠흠신서(欽欽新書)》등 500여 권에 달하는 방대한 저술을 남겼다.
《여유당전서》는 정약용이 자신의 방대한 저서를 정리하여 182책 503권으로 편찬한 것이다.

p.52 박세당(朴世堂, 1629~1703) 《사변록(思辨錄)》

조선 후기의 학자로, 당시 정국을 주도하던 노론계의 반대 입장에서 주자학을 비판
하고 독자적 견해를 주장했으며, 실사구시적 학문 태도를 강조하였다. 그 때문에 노
론에 의해 사문난적(斯文亂賊)으로 몰리기도 했다. 저서로 《서계선생집(西溪先生集)》
《사변록》《신주도덕경(新註道德經)》과 농서인 《색경(穡經)》이 전한다.
《사변록》은 박세당이 《대학》《중용》《논어》《맹자》《상서》《시경》을 주해한 책이다.
정통으로 여겼던 주자의 설을 비판하는 동시에 독자적인 해석을 가한 것이 많이 당시
정계 · 학계에 큰 물의를 일으키기도 했다.

p.55 김간(金榦, 1646~1732) 〈제안평대군친필후(題安平大君親筆後)〉

조선 후기의 문신. 예학에 조예가 깊었으며, 이에 각 문집에 흩어져 있는 선인들의 예
설(禮說)을 뽑아 12편의 《동유예설(東儒禮說)》을 편찬하였다. 문집에 《후재집(厚齋
集)》, 저서에 《소학차기(小學箚記)》《동몽학규(童蒙學規)》 등이 있다.
〈제안평대군친필후〉는 《후재집》 권40에 실려 있는 15편의 발문 중 하나이다. 발문은
책 끝에 그 책의 성립 · 전래 · 간행 경위 · 배포 등에 관한 사항을 지우(知友) · 선배 · 후
학(後學)들이 간략하게 적은 글을 말한다.

p.58 박지원(朴趾源, 1737~1805) 《연암집(燕巖集)》

조선 후기의 실학자 겸 소설가. 홍대용, 박제가 등과 함께 청나라의 문물을 배워야 한
다는 이른바 북학파(北學派)의 영수로 이용후생(利用厚生)의 실학을 강조하였으며,
특히 자유기발한 문체를 구사하여 여러 편의 한문소설을 발표, 당시 양반 계층의 타
락상을 고발하고 근대사회를 예견하는 새로운 인간상을 창조함으로써 많은 파문과
영향을 끼쳤다. 청나라 기행문집인 《열하일기(熱河日記)》를 저술했고 《과농소초(課農
小抄)》《한민명전의(限民名田義)》 등을 썼으며, 작품에 《허생전(許生傳)》《호질(虎叱)》
《마장전(馬駔傳)》《예덕선생전(穢德先生傳)》《민옹전(閔翁傳)》《양반전(兩班傳)》 등이
있다. 《연암집》은 박지원의 글들을 모은 시문집이다.

조선 중기의 학자이며 마흔이 되던 해 임진왜란이 일어나자 향리인 상주 함창에서 의병장으로 큰 공을 세웠다. 농사에 밝아 〈농가월령가〉의 저자로 추측되기도 한다.

《태촌집》은 고상안의 시문집이다. 시는 주로 임진왜란 때 참전하여 지은 것이 많고, 김성일·유성룡·이덕형·이순신에게 보낸 편지가 눈에 띄는데 모두 전후 국가와 민생을 염려하는 내용이다. 〈유훈〉은 《태촌집》 권3에 실린 7편의 잡저 중 하나이다.

조선 중기의 학자이자 문신. 기묘사화 이후 고향에서 20년간 백성들과 함께 생활하며 관청의 부조리를 목도하고 백성의 고통스런 삶을 종종 시로 표현했다. 복직 후 전라도관찰사, 경상도관찰사 등을 지내며 행정의 폐단을 없애는 시책을 건의, 시행하였고 백성들의 교화에 힘쓰는 등 선정을 베풀었다. 저서에 《성리대전절요(性理大全節要)》《역대수수승통지도(歷代授受承統之圖)》《사재무언(思齋撫言)》《경민편(警民編)》《기묘당적(己卯黨籍)》《촌가구급방(村家救急方)》 등이 있다. 《사재집》은 김정국이 쓴 시와 글들을 모은 시문집이다.

조선 중기의 문신이며 시문(詩文)에 뛰어났던 문인으로, 사회 모순을 비판한 조선시대 대표 걸작이자 최초의 한글 소설인 《홍길동전》의 저자이다. 성리학뿐 아니라 불교·도교·서학(천주교)에 두루 깊은 관심을 보였으며, 자유분방한 기질과 민본주의, 계급타파 등 당시로서는 혁명적인 사상으로 인해 위험인물로 지탄을 받기도 했다. 조선의 여류 시인으로 유명한 허난설헌(許蘭雪軒)이 그의 누나다.

《성옹지소록》은 허균이 지은 야사집이다. 1610년 옥중에서 생각나는 대로 기록해 두었던 것을 이듬해 유배지에서 다시 정리하여 완성했다. 중국 명나라의 일이라든가 조정 중신들의 행적으로 기억할 만한 내용, 그 밖에 문인 가객과 관련된 일화나 수재들이 일찍 출세한 이야기 등을 열거하고 있다.

p.70 최현(崔晛, 1563년~1640) 〈만취당기(晚翠堂記)〉

조선 중기의 문신. 일찍이 학봉 김성일의 문하에서 배웠으며 임진왜란이 일어나자 37세의 나이로 의병에 가담하였다. 전장의 경험을 바탕으로 나라를 근심하는 마음, 평화에 대한 염원 등을 담아 가사 〈명월음(明月吟)〉〈용사음(龍蛇吟)〉을 지었다. 인조반정 후 부제학을 거쳐 강원도관찰사가 되었고, 이인거의 모반에 관련된 혐의로 투옥되었다가 왕명으로 석방되었다. 고향에 풍천정(楓泉亭)을 짓고 만년을 보냈다. 문집에《인재집(訒齋集)》《일선지(一善志)》등이 있다.

p.73 박팽년(朴彭年, 1417~1456) 〈우잠(愚箴)〉

조선 전기의 문신. 사육신의 한 사람이다. 성삼문과 함께 집현전 학사로 여러 편찬사업에 종사하며 세종의 총애를 받았다. 단종 복위를 도모하다 체포되었으며 세조의 회유를 거절하고 옥중에서 고문으로 죽었다. 집현전의 유망한 젊은 학자들 가운데서도 학문과 문장, 글씨가 모두 뛰어나 집대성(集大成)이라는 칭호를 받았다. 시를 비롯하여 경학·문장·필법 등 모든 면에서 탁월했지만, 참화를 입어 저술이 거의 전하지 않는다. 〈우잠〉은 박팽년의 문집인《박선생유고(朴先生遺稿)》에 있는 글이다.《박선생유고》는 박팽년의 7대손인 박숭고가 편집, 간행했다.

p.76, p.116 《승정원일기(承政院日記)》

조선시대에 왕명(王命)의 출납(出納)을 관장하던 승정원에서 매일매일 취급한 문서와 사건을 기록한 일기로 필사본이며 3,243책이다. 국보 303호이며 서울대학교 규장각에 소장되어 있다. 일기의 작성은 승정원의 주서(注書)와 가주서(假注書)의 소임으로, 한 달에 한 권 작성하는 것을 원칙으로 하되 사건이 많을 경우에는 두 권 이상으로도 작성하였으며 반드시 그다음 달 안으로 완성하여 보존하였다. 조선 개국 초부터 일기가 있었으나 임진왜란 때 소실되어 1623년(인조 1)부터 1894년(고종 31)까지 270여 년간의 일기만이 현존한다. 조선시대 최고 기밀기록이며 2001년 유네스코 세계기록유산으로 지정되었다.

김성일(金誠一. 1538~1593)《퇴계선생언행록(退溪先生言行錄)》

조선 중기의 정치가, 학자. 학문적으로는 이황의 수제자로 성리학에 조예가 깊었다. 강직한 성품으로 '대궐의 호랑이'라 불렸으나 1590년 통신부사로 일본에 파견되었다 돌아와 일본이 조선을 침입하지 않을 것이라고 보고하여 임진왜란이 발발하자 파직되었다. 그러나 다시 경상도초유사로 임명되어 왜란 초기에 피폐해진 경상도 지역의 행정을 바로 세우고 민심을 안정시키는 데 기여하였다. 저서로《해사록(海槎錄)》《상례고증(喪禮考證)》등이 있으며 문집으로《학봉집(鶴峰集)》이 있다.

《퇴계선생언행록》은 6권 3책으로 학문과 독서 등 33항목으로 나누어 퇴계 이황의 언행을 수록한 책이다.

p.85 정철(鄭澈. 1536~1593)〈계주문(戒酒文)〉

조선 중기 문신, 시인. 가사문학의 대가로 시조의 윤선도와 함께 한국 시가사상 쌍벽으로 일컬어진다. 기대승 등 당대의 석학들에게 배우고 이이, 성혼 등과도 교유하였다. 정치적으로는 당대 서인의 영수이기도 했다.〈관동별곡(關東別曲)〉〈사미인곡(思美人曲)〉〈속미인곡(續美人曲)〉〈성산별곡(星山別曲)〉등 4편의 가사 외에도 70여 수의 시조 등 주옥같은 작품이 전한다. 저서로 시문집인《송강집》과 시가 작품집인《송강가사》가 있다.

〈계주문〉은 송강 정철이 마흔두 살에 지은 술을 경계하는 글이다. 반면〈장진주사(將進酒辭)〉는 정철이 지은 사설시조로, 인생이란 허무한 것이니 후회하지 말고 죽기 전에 꽃 꺾어 술잔 수를 세어 가며 무진장 먹자고 하는 권주가이다.

p.88 성현(成俔. 1439~1504)《용재총화(慵齋叢話)》

조선 전기 세조부터 연산군 시대를 살아간 학자이자 예술인. 성종 때 당시 음악을 집대성하여《악학궤범(樂學軌範)》을 편찬한 대표적인 음악가이다. 또한 당대의 생활, 제도, 풍속, 인물을 기록한《용재총화》를 저술하는 등 여러 분야에 해박한 학자였다. 그외 저술로《허백당집(虛白堂集)》《부휴자담론(浮休子談論)》등이 전한다.

《용재총화》는 말 그대로 '총화(叢話)'로, 성현이 보고 들은 것을 기록한 것이다. 총 324편의 글이 10권에 나누어 수록되어 있으며, 저자가 평소에 쓴 글을 자유롭게 모아 둔 형식이다. 내용은 고려로부터, 성현이 생존했던 조선 연산군 대까지 형성되고 변화된 민간 풍속을 비롯하여 문물과 제도, 문화, 역사, 지리, 학문, 종교, 문학, 음악, 서화 등 다양한 내용을 다루고 있다. 특히 인물에 관한 일화가 절반을 차지하여 당대의 인물 평가서 역할을 하기도 한다. 조선 전기의 생활 모습을 알 수 있는 자료이다.

p.91, p149 이덕무(李德懋, 1741~1793) 《사소절(士小節)》《이목구심서(耳目口心書)》
조선 후기의 실학자. 서얼 출신으로 빈한한 환경에서 자랐으나 어려서부터 박람강기(博覽强記)하고 시문에 능하여 이름을 떨쳤다. 박제가·유득공·이서구와 함께 약관의 나이에 《건연집(巾衍集)》이라는 시집을 내어 청나라에까지 사가시인(四家詩人)의 한 사람으로 문명을 날렸다. 북학파 실학자인 박지원·홍대용·박제가·유득공·서이수 등과 사귀고 그 영향을 많이 받았다. 정조가 규장각을 설치하여 서얼 출신의 뛰어난 학자들을 등용할 때 검서관으로 발탁되기도 했다. 저술은 10여 종에 달하는데, 듣는 대로 쓰고 보는 대로 쓰고 말하는 대로 쓰고 생각하는 대로 썼다는 의미의 《이목구심서》, 선비의 윤리와 행실에 관한 《사소절》 외에 문집 《아정유고(雅亭遺稿)》가 있다

p.94 장유(張維, 1587~1638) 〈복전설(福田說)〉
조선 중기의 문신. 천문·지리·의술·병서는 물론 문장에 뛰어나 조선 중기의 사대가(四大家)로 꼽힌다. 병자호란 때는 강화론을 주장하기도 하였다. 내우외환으로 격동치는 정국에서 파직과 복직을 거듭하였다. 문집 《계곡집(谿谷集)》 외에 《계곡만필(谿谷漫筆)》《음부경주해(陰符經註解)》가 전해진다. 〈복전설〉은 장유가 지은 열 편의 설(說) 작품 중 하나로, 《계곡집》에 실려 있다.

p.100 이육(李陸, 1438~1498) 《청파극담(靑坡劇談)》
조선 전기의 문신. 모든 서적에 통달한 가운데 특히 사서(史書)에 밝았으며, 사신으로

명나라에 두 차례 다녀오기도 했다. 저서로《청파집(靑坡集)》《청파극담》《철성연방문집(鐵城聯芳文集)》이 있다.

《청파극담》은 이육이 지은 야담 잡록집이다. 주로 유명 인물에 얽힌 이야기가 많다는 점에서 야사로서의 가치가 있으며, 〈조복〉〈의상〉 등의 내용은 민속학이나 복식의 연구에 중요한 자료가 된다.

p.103 정재륜(鄭載崙, 1648~1723)《공사견문록(公私見聞錄)》

조선 후기의 부마. 1656년 효종의 다섯째 딸 숙정공주와 혼인하여 동평위(東平尉)가 되었다. 숙정공주가 일찍 죽고, 1681년 독자이던 효선이 요절하자 재취할 것을 상소하여 왕의 허락을 받았으나, 대간의 반대로 이루지 못하였다. 이때부터 부마들은 재취할 수 없다는 법규가 정하여졌다. 사신으로 청나라에 세 차례나 다녀왔다. 저서로 《공사견문록》《한거만록(閑居漫錄)》 등 수필 형식의 기록이 있다.

《공사견문록》은 정재륜이 효종·현종·숙종·경종의 4조에 걸쳐 궁궐에 출입하면서 보고 들은 역대의 아름다운 말 및 선행 등을 모은 야사이다.

p.106 안정복(安鼎福, 1712~1791)《호유잡록(戶牖雜錄)》

조선 후기의 역사학자, 실학자. 성호 이익을 스승으로 삼고 여러 학문을 섭렵했으며 특히 경학(經學)과 사학(史學)에 뛰어났다. 저서에 교화행정서《임관정요(臨官政要)》가 있으며, 역사 관계 저서에는《동사강목(東史綱目)》《열조통기(列朝通紀)》 외에도 이익과의 역사문답인《동사문답(東史問答)》이 있다. 특히 대표작인《동사강목》은 자주적·객관적·실증적으로 한국사를 재구성하였다.

《호유잡록》은 안정복의 잡저(雜著)를 모아놓은 것으로, 잡저란 문인들이 자유로이 쓴 수필 형식의 글을 말한다.

p.113 《연산군일기(燕山君日記)》

조선 제10대 왕 연산군의 재위 기간인 1494년 12월에서 1506년 9월까지 11년 10

개월간의 역사를 기록한 책으로 63권 46책의 활자본이다. 1506년 11월에 편찬을 시작하여 1509년 9월에 완성되었다. 반정(反正)으로 폐위되었으므로 '일기'라고 칭하였으나, 체제나 내용 면에서는 다른 실록과 차이가 없다.

p.128 송준길(宋浚吉, 1606~1672) 《경연일기(經筵日記)》

조선 중기의 문신, 학자. 송시열 등과 함께 북벌 계획에 참여했으며, 학문적으로도 송시열과 같은 경향의 성리학자로서 특히 예학에 밝고 이이의 학설을 지지하였으며, 문장과 글씨에도 뛰어났다. 저서에 문집 《동춘당집(同春堂集)》과 《어록해(語錄解)》가 있다. 《경연일기》는 송준길이 경연에서 일어난 사실들을 기록한 것으로, 주로 《중용》과 《주역》 등 학문적인 문답이 많다. 송준길 자신의 사소(辭疏)가 많이 수록되어 있다는 점이 다른 경연일기와는 다른 점이다.

p.131 이긍익(李肯翊, 1736~1806) 《연려실기술(燃藜室記述)》

조선 후기의 학자. 글씨에도 뛰어났으며, 실학을 연구한 고증학과 학자로서 조선사 연구의 선구자이다. 저서로 조선시대 역사서인 《연려실기술》이 있다.
'연려실(燃藜室)'이란 이긍익의 아버지가 손수 휘호해 준 서실 이름으로, 한(漢)나라의 유향(劉向)이 옛글을 교정할 때 태일선인(太一仙人)이 청려장(青藜杖, 명아주로 만든 지팡이)에 불을 붙여 비추어 주었다는 고사에서 유래한다. 이긍익이 역사 서술에서 중요하게 생각한 것은 객관성 · 공정성 · 체계성 · 계기성 그리고 현실성이었다. 저자가 42세에 저술하기 시작해 타계할 때까지 30여 년에 걸쳐 완성했다.

p.134 기대승(奇大升, 1527~1572) 《논사록(論思錄)》

조선 중기의 성리학자. 《주자대전(朱子大全)》을 발췌하여 《주자문록(朱子文錄)》(3권)을 편찬하는 등 주자학에 정진하였다. 32세에 이황의 제자가 되었고, 이황과 12년 동안 서한을 주고받으면서 8년 동안 사단칠정(四端七情)을 주제로 논란을 편 편지로 유명하다. 저서로 《고봉집(高峰集)》 《주자문록》 《논사록》 등이 있다.

《논사록》은 기대승이 경연에서 강론한 내용을 가려 모은 책이다. 저자가 명종 때에 행한 한 차례의 경연 내용과, 선조 때에 행한 18회의 경연 기록을 모아 놓고 있다. 기대승의 경세사상이 잘 표현되어 있으며, 올바른 정치가 실현되기 위해서는 군왕이 완전한 인격을 갖춘 성인이어야 한다고 주장하였다.

p.137 이익(李瀷, 1681~1763)《성호사설(星湖僿說)》

조선 후기 실학의 토대를 마련한 실학의 종조. 주로 토지를 바탕으로 한 정치·경제·사회적 개혁을 꿈꾸었다. 몸소 체험한 사회적 모순과 불안한 민생을 해결할 방안을 실증적 분석과 비판을 통해 얻었으며,《성호사설》과《곽우록(藿憂錄)》등 주요 저술에 자신의 개혁사상을 풀어 놓았다. 많은 제자를 두고 자신의 호를 딴 성호학파를 형성함으로써 후대에 많은 영향을 미쳤다.
《성호사설》에는 천지문(天地門)·만물문(萬物門)·인사문(人事門)·경사문(經史門)·시문문(詩文門)의 다섯 가지 문으로 크게 분류한 총 3,007개 항목이 실려 있다.

p.152 이준(李埈, 1560~1635)의 〈이문록(異聞錄)〉

조선 중기의 문신. 임진왜란과 정묘호란 때 여러 차례 의병을 모았다. 선조 대에서 인조 대에 이르는 복잡한 현실 속에서 국방과 외교를 비롯한 국정에 대해 많은 시무책(時務策)을 제시했으며, 정경세와 더불어 유성룡의 학통을 이어받아 학계에서 중요한 위치를 차지했다. 저서로《창석집(蒼石集)》이 있다.

p.158 《연설강의통편(筵說講義通編)》

조선 후기 효종·숙종 연간에 경연에서 정사 및 학문을 토론한 내용을 편집한 책. 6권 6책의 필사본으로 규장각 도서이다.

p.161 윤휴(尹鑴, 1617~1680)의 《백호전서(白湖全書)》

조선 후기의 학자, 문신. 북벌론을 주장했으며 학문적으로는 주자와 다른 입장을 취하는 등 사상적으로 자유롭고 혁신적인 면모를 보였다. 송시열과 한때 서로를 인정하며 친구로 지냈지만 예송논쟁을 거치면서 앙숙 관계가 되었다. 저서로 중용, 대학, 예기, 춘추 등에 자신의 독특한 주석을 달아 편찬한 《독서기(讀書記)》와 《주례설(周禮說)》《중용대학후설(中庸大學後說)》《중용설(中庸說)》등이 있고, 문집인 《백호문집(白湖文集)》이 있다. 이 문집에 다른 글들을 추가해 펴낸 것이 《백호전서》이다.

p.164 심수경(沈守慶, 1516~1599) 《견한잡록(遣閑雜錄)》

조선 중기의 문신이며 청백리. 거문고 명인으로도 알려져 있다. 저서로 《청천당시집(聽天堂詩集)》《청천당유한록(聽天堂遺閑錄)》등이 있다.
《견한잡록》은 심수경이 쓴 잡록으로, 발문에 몸소 겪고 눈으로 보고 귀로 들은 것을 기록하여 한가한 것을 타파하고자 이 책을 지었다고 하였다. 자신에 관한 사소한 일로부터 나라·제도·풍속에 관한 일과 시화(詩話) 등을 다루고 있다.

p.167 채제공(蔡濟恭, 1720~1799) 〈만덕전(萬德傳)〉

조선 후기의 문신. 79세의 긴 생애 동안 영조와 정조라는 뛰어난 두 국왕이 이끈 국정의 중심에서 의미 있는 여러 개혁을 주도했다. 정조의 탕평책을 추진한 핵심적인 인물이다. 은거 생활 후 복직하여 이례적으로 3년간 혼자 정승을 맡아 국정을 운영하기도 했다. 문집으로 《번암집(樊巖集)》이 있다.
〈만덕전〉은 제주 여인인 만덕의 선행을 기록한 작품으로 《번암집》에 실려 있다.

p.170 황현(黃玹, 1855~1910) 《매천야록(梅泉野錄)》

조선 후기의 우국지사이다. 1910년 일제에 의해 국권이 피탈되자 국치(國恥)를 통분하며 절명시(絶命詩) 4편을 남겼으며, '나라가 선비를 양성한 지 500년이나 되었지만 나라가 망하는 날 한 명의 선비도 스스로 죽는 자가 없으니 슬프지 않겠는가'라는 말을 남기고 1910년 9월 음독 순국하였다. 한말 풍운사(風雲史)를 담은 《매천야록》은 한국 최근세사 연구에 귀중한 사료가 된다.

p.173 변계량(卞季良, 1369~1430) 〈유대마주서(諭對馬主書)〉

조선 전기의 문신. 특히 문장에 뛰어나 거의 20년간 대제학을 맡아 외교 문서를 작성
하였다. 관인문학가의 대표적 인물로서 〈화산별곡(華山別曲)〉 〈태행태상왕시책문(太
行太上王諡册文)〉을 지어 조선 건국을 찬양했다. 세종 1년에는 왜구 토벌을 강력히 주
장, 이종무를 앞세운 기해동정(己亥東征, 대마도 정벌)을 성공시키는 데 공헌하였다.

p.176 이정귀(李廷龜, 1564~1635) 〈동의보감서(東醫寶鑑序)〉

조선 중기의 문신, 문인. 중국어에 능하여 어전통관(御前通官)으로서 명나라 사신이나
지원군을 접대할 때 조선 조정을 대표하며 중요한 외교적 활약을 했다. 중국 문인들
의 요청에 의해 100여 장(章)의 《조천기행록(朝天紀行錄)》을 간행하기도 했다. 그의
문장은 장유·이식·신흠과 더불어 이른바 한문 사대가로 일컬어진다. 문집 《월사집
(月沙集)》이 있다. 하교를 받들어 《동의보감》의 서문을 썼다.

p.179 이제현(李齊賢, 1287~1367) 《역옹패설(櫟翁稗說)》

고려 후기의 문신, 학자, 문인. 뛰어난 유학자로 성리학의 수용·발전에 매우 중요한
역할을 하였다. 사학과 문학 분야에도 많은 업적을 남겼다. 저술로 현존하는 것은 《익
재난고(益齋亂藁)》 10권과 《역옹패설》 2권인데, 흔히 합해서 《익재집(益齋集)》이라
한다. 《역옹패설》은 이제현이 지은 시화문학서(詩話文學書)이다. 이제현은 시(詩)·문
(文)·사(辭)의 대가였고 경사(經史)에도 두루 통달한 문호였으므로 이 책에 실린 역
대 시문(詩文)에 대한 비평은 한국 문학사상 큰 자리를 차지한다. 이인로의 《파한집
(破閑集)》, 최자의 《보한집(補閑集)》과 아울러 고려시대 3대 비평문학서로 꼽힌다.

p.182 김시양(金時讓, 1581~1643) 《부계기문(涪溪記聞)》

조선 중기의 문신, 청백리. 전적(典籍)과 경사(經史)에 밝았다. 저서로 《하담파적록(荷
潭破寂錄)》 《하담집》 등이 있다. 《부계기문》은 수필집으로, 김시양이 함경북도 종성
으로 귀양 갔을 때의 견문수필록(見聞隨筆錄)이다.

아우름18

큰 지혜는
어리석은 듯하니

1판 1쇄 발행 2016년 12월 29일
1판 2쇄 발행 2022년 8월 29일

지은이 김영봉
펴낸이 김성구

콘텐츠본부 고혁 조은아 김초록 이은주 김지용
디자인 이영민
마케팅부 송영우 어찬 김하은
관 리 박현주

표지 패턴 NOSTRESS 민유경

펴낸곳 (주)샘터사
등 록 2001년 10월 15일 제1-2923호
주 소 서울시 종로구 창경궁로35길 26 2층 (03076)
전 화 02-763-8965(콘텐츠본부) 02-763-8966(마케팅부)
팩 스 02-3672-1873 **이메일** book@isamtoh.com **홈페이지** www.isamtoh.com

© 김영봉, 2016, Printed in Korea.

ISBN 978-89-464-2046-5 04810
ISBN 978-89-464-1885-1 04080(세트)

값은 뒤표지에 있습니다.
잘못 만들어진 책은 구입처에서 교환해 드립니다.